데일리 히어로

FUSION FANTASTIC STORY

인기영 장편 소설

DAILY HERO

데일리 히어로 2

인기영 장편 소설

초판 1쇄 찍은 날 § 2014년 11월 18일
초판 1쇄 펴낸 날 § 2014년 11월 25일

지은이 § 인기영
펴낸이 § 서경석

편집부장 § 권태완
편집책임 § 이창진
편집 § 박가연

펴낸곳 § 도서출판 청어람
등록번호 § 제387-1999-000006호
등록일자 § 1999. 5. 31
어람번호 § 제1-1988호

주소 § 경기도 부천시 원미구 부일로 483번길 40 서경B/D 3F (우) 420-822
전화 § 032-656-4452 팩스 § 032-656-4453
http://www.chungeoram.com
E-mail § chungeorambook@daum.net

ISBN 979-11-316-9295-0 04810
ISBN 979-11-316-9293-6 (세트)

데일리 히어로

FUSION FANTASTIC STORY

인기영 장편 소설

DAILY HERO

2

도서출판 청어람

데일리 히어로

DAILY HERO

CONTENTS

Chapter 1
소라스의 사정

"무슨……?"

저 대머리 거한이 왜 나보고 소라스라 부르는 거지?

그때 머릿속에서 음성이 들려왔다.

띠링!

—소라스의 소원 퀘스트를 수락하셨네요. 지금부터 지웅 님은 소라스의 세상을 가상 체험하게 될 거예요. 지웅 님 본인이 소라스가 되어서요.

'뭐라고?'

—소라스의 기억을 인스톨할게요. 조금 어지러우실 거예요.

여인의 목소리가 끝나자마자 갑자기 이상한 기억들이 밀려 들어왔다.

'무럭무럭 자라렴, 소라스.'

'엄마~! 죽지 마! 엄마아아아아!'

'강해져야 한다, 소라스. 이 아빠는 강하지 못해서 사랑하는 사람을 잃었단다. 부디 넌… 너는…….'

'아빠! 아빠아아! 흐아아아앙!'

'거렁뱅이 애새끼들 틈에서 대장 노릇 하는 놈치고는 기골이 제법이구나. 나랑 가지 않겠느냐?'

'왜 저한테 더 많은 것을 가르쳐 주지 않는 겁니까!'

'넌 빛 좋은 개살구다. 기골은 장대하나 무인의 재목이 아니다. 날 원망 말고 네 재능을 탓해라.'

'소라스? 좋은 이름이네요. 전 율리아라고 해요.'

'당신을 언제까지나 지켜주겠단 말이야!'

'그만해요. 불가능하다는 거 알잖아요. 당신은 무엇으로도 그를 이길 수 없어요.'

'율리아에게서 떨어져!'

'하룻강아지 범 무서운 줄 모른다더니!'

'꺄악! 소라스!'

'…나도 아버지처럼 약했나 봐. 지켜주지 못해서 미안해… 율리아.'

"끄… 흐으으윽!"

갑자기 들어온 한 인간의 방대한 인생사에 머리가 터져 버릴 것 같았다.

시야가 빙빙 돌고 토기가 올라왔다.

띠링!

—소라스는 지웅 님이 자신의 마지막 기억을 행복하게 바꿔주길 바라네요~ 행복의 기준이라는 게 참 애매한 건데, 그가 어떤 행복을 바라는 건지 열심히 노력해서 알아내고, 만들어가세요. 오늘이 지나기 전에 퀘스트를 완료해야 한답니다~

"하아, 하아."

토할 것처럼 들이친 기억들이 범람하려는 걸 내리누르는 것도 벅찬데 퀘스트 발동까지?

순식간에 흡수한 기억은 열아홉 인생을 살아온 유지웅의

것이 아니었다.

데브게니안 대륙, 벨루안 왕국의 작은 마을에서 태어난 소라스의 것이었다.

인격은 기억의 지배를 받는다.

당장 날 더 강렬하게 채우는 건 소라스의 기억이었다.

한마디로 지금의 난 유지웅이라기보단 소라스에 더 가까웠다.

"괜찮은 거야?"

대머리 거한… 아니, 투크마가 물었다.

녀석은 올해 스물둘, 나와 동갑으로 내가 이 마을에 정착하게 되면서 알게 된 친구다.

날 깨우러 온 건, 일을 하러 가기 위해서다.

한국으로 따지면 지금 시간이 아마 새벽 4시 반 정도 되었을 거다.

본래의 나와 소라스의 지식이 뒤죽박죽 섞이니 정신이 없다.

투크마의 물음에도 난 한참 동안 멍하니 있다가 겨우 대답했다.

"어… 괜찮아."

"빨리 준비하고 나와. 늦으면 일 못 딴다."

"알았어."

투크마는 한 차례 걱정스런 시선을 던진 뒤 나갔다.

'그래, 일을 나가야지. 오늘도 허탕 쳤다간 당장 굶을지도 모를 지경이니.'

나와 투크마는 팀을 이뤄 용병 일을 하고 있다.

하지만 우리는 그다지 실력 있는 용병들이 아닌지라 딸 수 있는 일의 종류가 적다.

그나마도 용병 길드에 늦게 나가면 따 오지 못한다.

용병 길드란 나 같은 용병들에게 일거리를 나눠주는 곳이다.

용병 길드에서는 사소한 일부터 큰일까지 사람들에게 들어온 의뢰를 길드를 찾는 용병들의 수준에 따라 배분한다.

그리고 의뢰를 완수할 시 그에 응당한 사례금을 주고, 완수 못 할 시 한 푼도 주지 않는다.

나랑 투크마는 여태껏 부여받은 일 중 단 한 건도 완수 못 한 적이 없다.

문제는… 우리에게 주어졌던 일 대부분이 참 소소했고, 그만큼 받는 돈도 적었다는 것 정도겠지.

이를테면 이런 것이다.

집 나간 고양이를 찾아달라, 하수도 공사를 하는데 인부가 부족하다, 치안이 불안하니 우리 가족이 여행하는 동안 집을 봐줄 사람을 찾는다, 치매 걸린 할아버지를 모시고 살려 하니, 우리가 사는 곳까지 데려와 달라… 등등.

그런 일들을 해결하며 근근이 먹고 사는 중이다.

만약 투크마와 내가 삼류 무사 정도만 되었더라도 이렇게 고생스런 삶을 살진 않았을 것이다.

물론 가끔씩 큰일이 들어오긴 한다.

귀족끼리의 전쟁에서 용병을 구하는데, 그건 거의 기사와 병사들 대신 선봉에 서 방패막이가 되는 것과 다름없다.

살아남으면 대박이지만, 죽으면 그걸로 끝이다.

게다가 이런 일에 지원한 용병 중 80퍼센트 이상이 죽는다.

20퍼센트에 내 운명을 맡기기는 싫다.

아직까지는 목숨을 걸고 뛰어들 만큼 엉망인 인생이 아니다.

*　　*　　*

투크마는 검사다.

그가 사용하는 롱소드는 그의 아버지가 남긴 유품이다.

롱소드에 담긴 의미는 좋지만, 실용적인 면에서 보자면 끔찍할 정도로 쓸모가 없다.

이미 아버지 대에 관리를 잘 못해, 여기저기 이가 빠지고 빠지지 않는 녹이 슬었다.

그런데도 투크마는 롱소드를 제대로 손볼 생각을 하질 않았다. 그럴 돈이 생기면 술을 한 번 더 사 먹었다.

그가 만약 실력이라도 좋다면 이해해 볼 만할 대목이다.

하지만 투크마는 삼류 검사 측에도 끼지 못한다.

그래서 나와 같이 다니는 거다.

나는 무기를 사용하지 않는 무사다.

냉정하게 말해서 투크마와 비슷한 삼류보다 못한 무사다.

…어젯밤까지는 분명 그랬다.

하지만 지금의 난 새로운 힘을 얻었다.

또 다른 나, 현실의 나, 유지웅으로 인해서.

그러나 길드 마스터는 이런 사실을 모른다.

날 그저 어제와 똑같은 무용지물이라고 생각한다.

그래서 이런 일을 맡겼겠지.

"아무리 그래도 이건 좀 아니지 않아?"

소똥 냄새 가득한 우사 속에서 툴툴거렸다.

하지만 나는 물 양동이 속에 비친 내 얼굴을 보느라 그런 투크마의 말에 대꾸하지 못했다.

'그래… 내가 이런 모습이었지.'

정말 오래간만에 보는 내 육신이었다.

큼직한 이목구비에 투박한 얼굴, 갈색 머리카락과 갈색 눈동자, 구릿빛 근육질 피부.

그것 외엔 딱히 특별할 게 없었다.

미남도 아니고, 한국에서 유행하는 말로 훈남도 아니었다.

그래서인지 연애운도 여태껏 따라주질 않았다.

투크마는 그래도 돈을 아끼고 아껴 가끔씩 창녀촌에 들르는 모양이지만, 나는 돈 주고 사랑을 사는 행위는 못 하겠다.

이런 날 보며 투크마는 촌뜨기라고 놀려댄다.

그래도 차라리 촌뜨기로 남으련다.

"야, 소라스!"

"어, 어?"

"못생긴 얼굴 뭐한다고 계속 비춰 봐?"

"뭐 인마?"

"너 속으로 내 흉봤지?"

뜨끔!

하여튼 투크마는 생긴 것답지 않게 가끔씩 예리해질 때가 있다.

"아니야! 크흠!"

"어? 헛기침하는 거 보니까 맞네."

이런 고질병.

난 거짓말을 하면 꼭 저렇게 헛기침을 하고 만다.

"아무튼 용병이 무슨 소 우리를 청소해야 하냐고."

"하아, 그러게."

우리가 할 수 있는 일 중 그나마 이게 가장 돈이 되는 일이었다.

난 지금의 날 알기에 더 좋은 일을 달라고 했지만, 길드 마스터는 딱 잘라 거절했다.

"후딱 치우고 가자."

그래, 그게 답이다.

하지만 난 후딱 치우기 싫다.

사실 길드 마스터가 다른 일을 줄 수 없다고 했을 때, 두 번 세 번 부탁하지 않은 데는 이유가 있다.

지금 내가 일하는 우사는 브락튼 씨의 것이다.

브락튼 씨는 여관도 운영하고 있는데 우사에서 그리 멀지 않다.

브락튼 씨는 휘하에 종업원도 많이 데리고 있다. 그래서 종업원들이 종종 소의 젖을 받으러 오곤 한다.

중요한 건, 내가 첫눈에 반한 그녀 율리아도 브락튼 씨의 여관에서 일하는 종업원이라는 거다.

그리고 오늘은 그녀가 소젖을 받으러 오는 날이다.

내가 온전한 소라스로서 한 치 앞도 모르는 인생을 살아가던 때는, 그녀가 오늘 우리가 브락튼 씨의 우사 청소 의뢰를 받은 이 시점에 소젖을 짜러 오리라는 걸 몰랐다.

그래서 길드 마스터에게 더 좋은 일을 달라고 엄청나게도 강짜를 부렸다.

하지만 결국 난 투크마와 소 우리를 청소하게 되었고, 거기에서.

"어? 투크마! 소라스!"

소젖을 짜러 온 율리아와 만나게 된다.

"어~ 율리아! 소젖 받으러 온 거야?"

율리아가 한 손에 든 양철통을 들어 보이며 밝게 웃었다.

"응! 오늘 우사 청소해야 한다더니 너희들이 의뢰 맡았구나?"

쪽팔린다.

율리아에겐 조만간 엄청난 용병이 될 거라고 입버릇처럼 떠들어대는 나였다.

하지만 현실은 직시해야 한다.

도피만 해서는 답이 나오질 않는다.

"율리아, 어서 일 봐."

"응, 실례할게."

율리아는 능숙한 솜씨로 소젖을 짜, 양철통에 가득 담았다.

"역시 젖 짜는 건 율리아를 따라올 사람이 없다니까."

투크마가 농을 던졌다.

"왜? 네 젖도 짜줄까?"

씩 웃으며 응수하는 율리아.

투크마는 질색하며 가슴을 가렸다.

"계집애가 그게 할 소리야?"

"참 나. 끝까지 해보지도 못할 거, 엉기기는?"

율리아가 콧방귀를 꼈다. 그러더니 고개를 획! 돌려 날 쏘아봤다.

"소라스!"

"응?"

"오늘 뭐 안 좋은 일이라도 있어?"

"늘 안 좋지."

"그럼 얼굴 좀 펴. 늘 안 좋으니 오늘 안 좋다고 유난 떨 것도 없겠네!"

"알았어. 어서 들어가 봐. 늑장 부린다고 브락튼 씨한테 핀잔 받겠다."

"안 그래도 갈 거거든~! 그럼 나중에 봐!"

활달하게 돌아가는 그녀의 뒷모습이 대단해 보인다.

율리아는 사실 얼마 전부터 나와 불편한 관계가 되었다.

그녀가 내 마음을 알았다는 것이 첫 번째, 그리고 그녀를 눈독 들이는 기사가 있다는 것이 두 번째, 마지막으로 그 사실을 내가 알아버렸다는 것이 세 번째다.

율리아를 노리는 기사의 이름은 맥케니언 팰렌.

다들 팰렌 경이라고 하지만 나는 그 자식이라 부른다.

우리 마을 토박이도 아니면서 이 마을이 마음에 들었다는 핑계로 벌써 보름째 엉덩이를 붙이고 있다.

그것도 율리아가 일하는 브락튼 씨의 여관에서.

그 자식은 마을보다 율리아가 마음에 든 것이다.

이미 브락튼 씨에게 율리아를 자신에게 팔라고 몇 번이나 설득했다고 한다.

그때마다 브락튼 씨는 율리아는 자신에게 가족 같은 존재라 그럴 수 없다고 거절했다는 게 율리아의 말이다.

하지만 기사가 눈 까뒤집고 저돌적으로 나오면 결국 평민인 브락튼 씨는 어쩔 수 없이 율리아를 팔아 넘겨야 한다.

아니, 그땐 돈 한 푼 받지 못하고 율리아만 빼앗길지도 모른다.

지금은 그 자식이 율리아에게 좋은 이미지 심어주겠다고 신사적으로 나오는 것뿐.

난 그 자식처럼 눈이 쫙 찢어진 인간 중 좋은 성깔 가진 놈을 못 봤다.

당장 길드 마스터만해도 눈이 쫙 찢어지지 않았냔 말야.

그러니까 만날 우리를 못 믿고 가장 낮은 등급의 의뢰들만 맡기는 거지.

어찌 되었든 좋다.

난 지금 다시 돌아왔다.

내가 죽음을 맞이하던 날 아침으로.

오늘 하루 종일 내게는 행복한 일이라고는 하나도 일어나지 않는다.

하는 일마다 꼬이고, 엉망이 되어버린다.

하지만 난 그런 하루를 모두 바꿀 것이다.

비록 이것이 내 기억 속의 상황을 토대로 재구성된 가상현실이라 할지라도.

그 가상현실 속에서라도 비참했던 마지막을 바꾸고 싶다.

*　　*　　*

이전의 내 인생을 돌이켜 보자면, 우사 청소는 나와 투크마가 쉬지 않고 일한 끝에 점심나절쯤 돼서야 끝마칠 수 있었다.

하지만 지금의 난 링크로 산 다른 영혼들의 힘으로 인해 육체적 능력이 비약적으로 업그레이드되었다.

그중에서도 바레지나트의 영혼이 특히 도움이 된다.

덕분에 오전 열 시경에 의뢰받은 일을 마칠 수 있었다.

브락튼 씨에게 경과보고를 하러 여관에 들렀다.

거기서 열심히 홀 청소를 하는 율리아를 볼 수 있었다.

사실 요즘 율리아와 나는 둘만 있게 되면 어색해서 이런 식으로 보지 않으면 볼 수가 없었다.

'그때는 오늘이 그녀를 보게 되는 마지막 날이라는 걸 몰랐지.'

오늘 밤, 나는 죽는다.

기사 맥케니언 팰렌의 검에 목이 잘려 차가운 주검이 된다.

난 그 끔찍한 기억을 바꿔놓아야 한다.

"후우."

한숨이 흘러나왔다.

아직도 팰렌의 검에 살이 베이던 그 날카로운 감촉이 생생하게 전해져 온다.

휘이이이잉—

가을바람이 내 머리를 어루만지고 지나갔다.

난 지금 내 집 지붕에 올라 누워 있다.

오전의 하늘은 저녁 무렵 내릴 비를 예상하지도 못하는지 그저 청명하기만 하다.

"…좋다."

율리아를 다시 만난 것도 좋지만, 내 고향, 내 집 지붕 위에서 이토록 아름다운 하늘을 바라보는 것도 좋았다.

다시는 경험할 수 없을 것이라 생각했던 것들이다.

그런데 그것들을 난 사자(死者)의 몸으로 혼령만 남은 채 생생하게 즐기고 있다.

'레이브란데와 계약하기를 잘했어.'

처음엔 레이브란데가 죽은 자의 영혼을 농락하는 사령술사인 줄 알았다.

사령술사라는 놈들은 억울하게 죽은 자들의 영혼과 그들의 복수를 대신 해주겠다는 조건으로 계약을 맺어, 자신의 수하처럼 부린다.

레이브란데도 그런 종류의 인간이라 생각했다.

산 인간이 죽은 영혼을 느끼고 대화한다는 게 거의 불가능한 일이기 때문이다.

그런데 아니었다.

레이브란데는 인간의 상식을 뛰어넘은 마법사였다.

난 시골 촌뜨기지만 가만히 기억을 더듬어보니 살아생전 레이브란데라는 이름과 그 앞에 붙는 칭호를 한 번도 못 들어본 건 아니다.

'초월마법사'

그것이 그의 이름 대신 불리는 칭호였다.

여태껏 대륙 역사상 존재했던 모든 위대한 마법사를 초월한 전무후무한 마법사.

난 그와 계약했고, 내 한이 어린 기억을 바꿀 수 있는 기회를 손에 넣었다.

*　*　*

내가 어렸을 적엔 지금보다 더 외지고 작은 마을에 살았었다.

그곳에 사는 사람이라고 해봤자 노인과 애, 어른을 다 합쳐 백 명도 채 되지 않았다.

순박하고 인심 좋은 마을 사람들이 있기에 삶이 풍족하지 못했어도 마음은 넉넉했다. 그런데 소소한 일상은 오래 이어지지 않았다.

도적단이 우리 마을을 습격했다.

그들은 매서운 흉기를 휘두르며 사람들을 죽였고, 식량을 약탈했다.

여자들은 강간당했다.

내 어머니도 도적들에게 강간당한 뒤 목이 잘려 죽음을 맞았다.

아버지는 피를 토하는 심정으로 그런 어머니를 뒤로한 채 날 데리고 필사적으로 도망쳤다.

하지만 도망을 치던 와중에 화살 한 대를 어깨에 맞았다.

그럼에도 불구하고 도적 떼를 따돌렸다.

그러나 상처를 돌보지 못해, 하루하루 지나갈수록 덧나고 곪아 터져 나중에는 어깨가 썩어 들어가기 시작했다.

초반에는 어떻게든 산짐승을 잡아 와 내 끼니를 해결해 줬던 아버지였다.

그러나 나중에는 산짐승을 사냥할 만한 몸 상태가 아니었음에도 아버지는 하루에 한 번 꼭 고기를 구워 내게 먹였다.

시간이 흐르고, 도망의 나날이 길어지면서 아버지는 빠르게 야위었다.

그러다 민가가 보이는 어느 도시 입구에서 내게 강해지라 이르고는 숨을 거두었다.

아버지가 죽고 난 다음에야 난 붉게 물든 바지를 보게 되었다. 아버지는 그동안 자신의 살을 잘라 내게 구워 먹였던 것이다.

충격을 받고 목이 터져라 우는 나를 그 도시의 밤거리를 배회하던 소년들이 발견했다.

난 그들의 손에 거두어져 소매치기로 자라났다.

처음에는 세상 물정 모르는 천둥벌거숭이에 웅석받이였지만, 열다섯 살이 되던 해, 난 나보다 나이 많은 녀석들을 모두 누르고서 소매치기 집단의 우두머리가 되어 있었다.

내 인생은 그렇게 뒷거리만 전전하다 끝날 것이라 생각

했다.

하지만 삶이라는 것이 생각대로 흘러가는 법이 없었다.

늘 그렇듯 만만한 상대를 물색해 소매치기를 하던 어느 날.

허름한 노인의 주머니를 털려다가 실패했다.

노인은 그의 앞섶을 파고드는 내 손을 낚아챘다.

놀란 나머지 노인의 얼굴을 바라보았고 그와 시선이 마주치는 순간, 잘못 걸렸다는 걸 알았다.

그것은 범인의 눈이 아니었다.

이대로 죽는 건가? 생각하는데, 노인은 내 기골이 장대하니 자신을 따라가지 않겠냐는 의외의 말을 꺼냈다.

뭐가 어떻게 된 건지 모르겠지만 난 노인의 말을 거절할 수 없었다.

노인은 자신이 사는 마을로 날 데리고 온 이후부터 무술을 가르치기 시작했다.

난 이번에야말로 제대로 된 인생을 살 기회가 왔다는 생각에 열심히 무술을 익혔다.

하지만 내겐 재능이 없었다.

타고난 체격은 좋았으나 결국 그게 다였다.

노인은 날 포기했고, 나도 더 이상 노인의 곁에 있기가 힘들었다.

찬바람이 불던 가을날 새벽.

잠든 노인의 등에 대고 절을 한 뒤, 마을을 떠났다.

그리고 걸었다.

계속해서 쉬지 않고 멀리멀리 걸었다.

이후, 마지막 내 인생의 종착점으로 도착한 곳이 바로 브락튼 씨와 투크마가, 그리고 율리아가 사는 이 마을이다.

스승님에게 어쭙잖게 배운 무술 실력 하나를 재산 삼아 투크마와 용병 노릇을 하며 지금까지 오게 되었다.

푼돈을 모아 다 허물어져 가는 작은 집 하나를 얻게 되었고, 마을 사람들과도 친해졌으며, 첫사랑까지 하게 되었다.

이 마을은 내가 태어난 인생 중 가장 많은 행복과 즐거움을 선사해 준 곳이다.

맥케니언이 나타나기 전까지는 아무런 고통도 없었다.

아무런 고통도.

*　　　*　　　*

바람이 분다.

한참 동안 감고 있었던 눈을 떴다.

뺨이 축축한 게, 꿈을 꾸며 울었던 모양이다.

아직 하늘에 해는 가장 높이 떠서 볕을 내리고 있었다.

'점심인가?'

내가 짐작할 새도 없이 밑에서 투크마의 목소리가 들려왔다.

"소라스! 점심인데 거기서 뭐해! 지붕이랑 연애하냐? 내려와!"

이건 내 기억 속에 남은 환상일진대, 그 안에서 다시 잠들어 꿈을 꾸다니.

레이브란데의 마법은 확실히 상식으로 이해 못할 부분이 많다.

"그래, 내려갈게."

난 지붕에서 가볍게 뛰어내려 바닥에 착지했다.

그 날렵한 동작에 투크마가 혀를 내둘렀다.

"뭐냐, 방금?"

"뭐가?"

"무슨 깃털 같다? 그렇게 살포시 내려앉는 건 여태껏 본 적이 없어. 어제까지의 네 몸놀림이 아닌데? 그러고 보니 아까 우사 치울 때도 그렇고, 하룻밤 새 뭔 일이 있었기에 드워프가 된 거야?"

드워프.

힘세고 날렵하기로 정평이 난 난쟁이 종족이다.

"아주 엄청난 일이 있었지."

"엄청난 일?"

"그런 게 있어. 뭐 먹을래?"

내 물음에 투크마가 활짝 웃었다.

"맛있는 거."

Chapter 2
새로운 과거

해가 지고 땅거미가 몰려온다.

그리고 먹구름이 하늘을 뒤덮더니 비가 내렸다.

오늘 나의 하루는 최고였다.

전생에서 엉망이었던 것들을 모두 바꿔놓았다.

미래를 안다는 건 엄청난 혜택이다.

내가 어떤 바보 같은 실수를 하는지, 예상치 못한 사고가 언제 어디에서 일어나는지 모두 알고 있으니, 얼마든지 피해 갈 수 있다.

정해져 있던 과거는 새로운 과거가 되어 내 기억 속에서 재정립되었다.

이제 더는 우울한 마지막 하루는 존재치 않았다.

하지만 오늘을 완벽하게 끝내려면 마지막 단계가 하나 남아 있었다.

맥케니언 팰렌.

그 자식과 싸워 살아남아야 한다.

나는 레이브란데의 마법으로 육신이 강해졌다. 낭아권이라는 기술도 익혔다.

하지만 그것이 맥케니언에게 얼마나 통할지는 모른다.

백 퍼센트 이길 거란 확신도 없다.

그런 상황이다 보니 소라스의 입장에서는 유지웅에게 퀘스트를 준 것이 조금 빨랐던 것인가 싶기도 하고, 유지웅의 입장에서는 소라스의 퀘스트를 받아들인 게 성급했었나 싶기도 하다.

어찌 되었든 이미 엎질러진 물이다.

완연한 밤이 찾아왔고, 나는 브락튼 씨의 여관으로 찾아갔다.

그리고 여관의 홀에 앉아 맥주를 홀짝였다.

홀엔 나 말고도 여관비가 부족한 여행객 몇몇이 앉아 있었다. 그중 일부는 뜬눈으로 밤을 지새울 준비를 했고, 또 다른 이들은 고개를 처박고 꾸벅꾸벅 조는 중이었다.

이 시간엔 늘 율리아가 홀의 서빙을 도맡는다.

내가 홀의 테이블 하나를 차지하고 앉으니 율리아가 다가왔다.

역시나 예뻤다.

전생에서는 낮에 소젖을 짜던 율리아의 아름다운 얼굴이 잊히질 않아 여기에 찾아왔었다.

하지만 오늘 난, 율리아와 나의 마지막을 바꾸기 위해 찾아왔다.

"맥주?"

율리아가 물었다.

한데 그 태도가 낮과는 조금 달랐다.

투크마가 없으니 나를 일대일로 대하는 것이 살짝 부담스러운 모양이다.

사실 우리가 지금 웃으면서 서로의 낯을 볼 상황이 아니긴 하다.

"응. 그리고 익힌 달걀이랑."

"응."

율리아가 억지 미소를 짓고서 주문을 받아 갔다.

잠시 후, 진한 맥주와 익힌 달걀이 담긴 접시가 테이블에 놓여졌다.

물론 그것을 서빙한 사람은 율리아였다.

"많이 마실 거야?"

"아니, 그냥 적당히."

"응… 조금만 마시고 들어가."

율리아는 거기까지 말하고서 카운터로 돌아갔다.

아니, 돌아가려 했다.

하지만 그녀는 뒤돌아보게 될 것이다.

바로… 지금!

휙.

역시나 율리아가 날 돌아봤다.

그러더니 성큼성큼 걸어와 내 맞은편 의자에 앉았다.

"소라스."

난 그녀가 무슨 말을 하려는지 다 알고 있다.

"응."

"아무리 생각해도 난 너랑 불편하게 지내는 거 싫어. 우리 전처럼 다시 편하게 지내자. 근래 너랑 나 사이에 오갔던 그런 이야기들… 그리고 친구 이상의 감정들은 다 없었던 거야. 어때?"

"싫은데."

"왜 싫은데?"

네가 날 좋아한다는 걸 아니까.

하지만 네가 네 마음을 나한테 표현하려 할 무렵, 맥케니언이 나타나서 모든 것을 망쳤다는 것도 아니니까.

그래, 처음에 난 끝까지 내가 외사랑만 하는 줄 알았어.

하지만 아니었어.

너도 날 좋아하고 있었던 거야.

그래서 내가 맥케니언에게 화를 당하지 않게 하려고 더더욱 밀어냈던 거였지.

기사가 눈독 들인 여자를 평민이 탐내다간 모가지가 날아갈 테니까.

지금이라도 친구로 지내면, 그래서 맥케니언이 날 영원히 경계하지 않는다면, 내 목숨은 안전할 거라고 생각하겠지만, 이젠 그런 걱정 안 해도 돼.

이때 난 너한테 충동적으로 키스했었지.

바보 같게도, 당시에는 네 진짜 마음을 몰랐으니까.

마음을 갖지 못한다면 몸이라도 갖자는 심보였나 봐.

하지만 지금 너한테 할 키스는 의미가 달라.

이건 아직 덩치만큼 머리가 덜 자란 남자였을 때와는 다른 의미의 키스야.

네 마음을 이해하고 어루만져 줄 수 있는 진정한 남자로서 네게 보내는 키스야.

내 입술이 율리아의 입술에 닿았다.

촉촉하고 따뜻하고 포근했다.

율리아의 놀란 동공이 크게 확장되었다.

반대로 나는 눈을 감았다.

살아생전 난, 이대로 시간이 멈췄으면 좋겠다고 생각했지만 그럴 수 없었지.

바로.

"이거 내가 말도 안 되는 장면을 목격했군."

저 재수 없는 목소리로 인해서.

율리아는 내가 키스를 했을 때보다 더 놀라 날 거칠게 밀어냈다.

그다음에 그녀는 내 뺨을 날렸지.

이번에도 역시 율리아는 내 뺨을 때리려 했다.

하지만 이를 고스란히 맞아줄 생각은 없었다.

그게 다 연극이라는 걸 잘 알고 있었으니까.

탁.

율리아의 손목을 낚아챘다. 그리고 그대로 잡아당기며 벌떡 일어섰다. 율리아가 졸지에 내 품에 폭 안긴 꼴이 되었다.

난 그녀의 이마에 입을 맞췄다.

율리아는 '너 미쳤냐?'는 시선으로 날 올려다봤다.

내가 고개를 끄덕였다.

"응, 진짜 미쳤어, 너한테."

그러니까 레이브란데와 계약을 맺고서 내 마지막 기억을

바꾸려고 한 거지.

"소라스……."

놀란 율리아를 의자에 앉혔다.

"여기서 구경해."

내가 말하자 맥케니언이 바로 말을 이었다.

"그래, 율리아. 구경하라고. 너한테 치욕을 안겨준 남자가 내 칼에 죽는 꼴을 말이야."

맥케니언이 칼자루에 손을 얹었다.

율리아의 성격에 그걸 가만히 보고 있을 리가 없다.

"팰렌 기사님! 그러실 필요 없어요! 사람이 벌레가 발등을 밟고 지나간다고 화를 내나요? 소라스는 저한테 그런 존재예요!"

아무리 그래도 날 벌레와 동급 취급하는 건 좀 심했다.

맥케니언은 율리아의 말에 나와 그녀를 번갈아 보더니 미소 지었다.

한데 그 미소는 대단히 섬뜩했다.

그의 입은 웃고 있었으나 부릅뜬 두 눈엔 점점 분노가 차오르고 있었다.

"이거… 내가 방금 놓칠 뻔한 걸 알아챘는데. 너희 두 사람… 이미 서로를 아끼고 있군."

율리아의 가슴이 철렁했을 것이다.

하지만 난 아무렇지도 않다.

어차피 처음부터 밝힐 생각이었으니까.

맥케니언이 검을 뽑아 들었다.

그가 살기 어린 시선으로 날 주시하며 말했다.

“감히 내가 침 흘린 여인에게 손을 대?”

“사람이 물건입니까?”

“물건이 아니니까 문제지.”

“율리아는 당신을 좋아하지 않습니다.”

“나와 같이 살게 되면 좋아하게 될 거야.”

“헛소리 집어치우시죠.”

“지금 네 죄명은 귀족 모독이라는 걸 알고 있나?”

“귀족 모독은 즉결 처형 가능하다 그랬나요? 이미 죄 지은 거 좀 더 지어도 되겠네요, 그럼. 어떤 욕을 얻어 잡숫고 싶으십니까?”

내가 완전히 막가자는 식으로 나오니 맥케니언은 고개를 갸웃거렸다.

분노보다 의문이 더 커진 모양이다.

“…제정신인가?”

맥케니언은 그 의문을 입 밖으로 내놓았다.

“당신보다는.”

나도 재치 있게 받아쳤다.

맥케니언의 얼굴이 붉으락푸르락해졌다.

그는 결국 참지 못하고서 크게 소리쳤다.

"너한테는 즉결 처형 따위 어울리지 않는다! 그토록 편한 죽음을 선사할 수야 없지! 밖으로 나와라! 나 맥케니언 팰렌! 팰렌 가문의 명예를 걸고 네게 결투를 신청한다!"

"…진심이십니까?"

"두 번 말하지 않는다!"

맥케니언은 소리를 빽 지르고서 여관 뒤뜰로 나갔다.

나도 그 뒤를 따랐다.

전생에서도 맥케니언은 내게 결투를 신청했었다.

귀족이 평민에게 결투를 신청할 경우, 그 순간부터 전투가 끝날 때까지 둘 사이의 신분 차는 사라진다.

그리고 평민은 정정당당한 시합 속에서 본의 아니게 귀족을 죽일 수도 있다.

이 경우 법적으로 평민을 어찌하지 못한다.

결투라는 것은 그 안에서 독립된 법칙만을 지킬 수 있도록 만들어졌기 때문이다.

그 결투를 맥케니언이 내게 신청했다.

*　　*　　*

맥케니언과 나는 서로를 마주 보며 뒤뜰에 섰다.

콰르릉!

한 자락 번개가 떨어졌고, 공간이 하얗게 물들었다가 이내 어두워졌다.

맥케니언이 평민인 날 즉결심판에 처하지 않고 굳이 결투를 신청한 이유는 지금과 똑같았다.

내게 조금이라도 더 고통스러운 죽음을 주기 위해서였다.

맥케니언이 검을 들었다. 검끝이 나를 향했다.

그런 맥케니언에게 난 한마디를 했다.

"만약 이 시합에서 제가 그쪽을 이기더라도, 아니… 혹 도가 지나쳐 죽이더라도 모든 것은 결투 안에서 일어나는 일이라는 걸 기억하시기 바랍니다."

"그럴 일은 없을 테니 네 모가지나 잘 간수하지?"

"오시죠."

내가 도발하자마자 맥케니언은 매섭게 달려들었다.

타이밍이 기가 막히게도 그 순간.

콰르릉!

또 한 번 번개가 쳤다.

찰나지간 지척까지 다가온 맥케니언이 검을 찔러 넣었다.

그 움직임은 깔끔했고, 빨랐다.

사실 지금 내 육신이 제법 강해졌다 하더라도 맥케니언을 상대로 필승을 장담하긴 어려웠다.

그는 노련한 기사고, 전투 경험이 많다.

그에 반해 난 그 경험이 부족했다.

육신만 강인해졌을 뿐인지라 실질적인 전투 기술도 내가 훨씬 밀린다.

하지만 이 모든 부족함을 한 방에 만회할 수 있는 무기가 있었으니, 난 전생을 기억한다는 것이다.

맥케니언의 첫 번째 공격은 내 왼쪽 어깨를 노리며 들어온다.

난 몸을 틀어 그의 검을 피하고 안쪽으로 깊이 파고들었다.

"……!"

어둠 속에서 기이한 빛을 내뿜는 그의 눈이 홉떠졌다.

'기회는 단 한 번!'

이 기회를 놓치면 두 번은 없다.

내가 기억하는 전생은 맥케니언의 첫 번째 수와, 그걸 내가 맞았을 때 이어지는 두 번째 수, 그리고 그것조차 맞았을 때 이어지는 세 번째 수까지다.

그다음엔 이곳저곳을 막무가내로 베였기에 뭐가 어떻게 된 건지 알 수가 없다.

아무튼 난 맥케니언의 첫 번째 공격을 피했고, 그로 인해 내가 기억하는 두 번째 공격은 무용지물이 되었다.

그의 공격에 맞지 않은 이상 내가 기억하는 미래는 바뀔 것이기 때문이다.

맥케니언은 찔러 넣었던 검을 빠르게 회수하며 뒤로 물러났다.

'여기서 거리를 벌리면 안 된다!'

다시 공격할 여유를 줘선 안 되는 일!

난 재빠르게 따라붙으며 주먹을 말아 쥐었다.

맥케니언이 반쯤 회수한 검날을 모로 세워 내 어깨를 베려 했다.

자칫 잘못하면 내 어깨가 날아갈 수도 있는 일촉즉발의 상황!

"낭아권!"

낭아권을 시전했다.

쐐애애애애액!

총탄처럼 터져 나간 주먹은 맥케니언의 검보다 빨랐다.

뻐어억!

내 주먹이 맥케니언의 명치를 가격했다.

"커헉!"

신음과 함께 뒤로 날아가는 맥케니언.

한데 녀석의 손에 끝까지 잡혀 있던 검이.

서걱!

"크!"

내 어깨를 약간이나마 베었다.

하지만 그 정도 상처쯤은 문제될 게 아니었다.

쿠당!

맥케니언이 안뜰에 널브러졌다.

녀석은 한차례 몸을 파르르 떨더니 이내 다시 일어서려 했다.

난 그런 맥케니언에게 달려가 검을 쥔 손을 걷어찼다.

퍽!

"……!"

맥케니언은 검을 놓쳤다.

놈의 가장 큰 무기가 사라졌다.

이제 맨손 대 맨손이다.

한데 녀석은 내게 큰 일격을 한 방 먹었다.

앙다문 놈의 입술 사이로 붉은 피가 흘러내리고 있었다.

퍽!

그대로 옆구리를 걷어찼다.

"커헉!"

입이 열리며 피가 한 움큼 쏟아졌다.

이번에는 양쪽 발목을 짓밟았다.

콰직! 우두둑!

"끄으!"

뼈가 부러지며 발목이 이상한 방향으로 꺾였다.

그러나 여기에서 끝내면 안 된다.

종아리부터 허벅지까지 정신없이 밟아 다리뼈를 가루로 만들었다.

"이, 개 같은 자식이…!"

맥케니언은 제가 어떤 상황에 처했는지 인지를 못 하는 모양이다. 그렇다면 확실하게 인지할 수 있도록 해줘야겠지.

난 놈이 놓친 롱소드를 들고 왔다.

그리고 녀석의 어깨에 망설임 없이 박아 넣었다.

푹!

"끄아아아악!"

놈이 죽겠다고 비명을 질렀다.

그러거나 말거나 살 속 깊이 박힌 롱소드를 아래로 훽 내리그었다.

거거거걱!

뼈와 살이 잘리며 어깨가 반 이상 떨어져 나갔다.

"끄어… 어어어억!"

맥케니언의 눈이 뒤로 돌아가려 했다.

저대로 놓아두면 기절한다.

하지만 편하게 기절하는 것을 용납할 것 같은가?

전생에서 내가 받았던 고통! 딱 그 배만큼만 받아라.

난 롱소드를 마구 휘둘렀다.

서걱! 서걱! 서거걱!

"끄아아아아아악!"

롱소드는 맥케니언의 살을 포 뜨기 시작했다.

드러누운 맥케니언의 주변으로 피와 잘린 살점들이 가득했다.

"사, 살려줘어……."

맥케니언은 고통을 참지 못하고 넋이 나가 내게 결국 목숨을 구걸했다.

그러나 난 놈의 사정을 봐줄 생각이 없다.

"나도 너한테 그런 말을 한 적이 있었지."

맥케니언은 참혹하게 내 목을 벴다.

아울러 지금 나도.

서걱!

맥케니언이 삶을 구걸하는 가장 치졸한 모습일 때 그의 마지막을 장식해 주었다.

"후우."

그제야 들고 있던 롱소드를 놓았다.

끊임없이 쏟아지는 비가 내 몸에 묻은 피를 다 씻어주었다.

*　　*　　*

그것은 정정당당한 결투였다.

여관에 묵고 있던 모든 사람이 우리 둘의 싸움을 봤고, 그들이 이 결투의 과정과 결과가 정당했음을 증명해 주는 증인이었다.

앞으로의 일은 걱정하지 않아도 될 것이다.

당장 걱정해야 할 건 지금이다.

맥케니언을 죽이고 나면 다른 일들은 전부 해결될 것이라 생각했다.

하지만 율리아는 작은 방 안에 나와 단둘이 마주 보고 앉아서 왜 아무 말도 없는 걸까?

지독한 적막은 우리 두 사람을 무겁게 짓눌렀다.

"저… 율리아."

결국 내가 먼저 못 참고 입을 열었다.

율리아가 고개를 저었다.

"괜찮아. 그냥… 이 상황이 혼란스러울 뿐이야."

"난 다 알고 있어, 율리아."

"알고 있다고 뭘? 내가 널 사실 좋아했다는 걸? 그래서 네가 다치는 걸 원치 않아 맥케니언에게 가려 했다는 걸? 그럼 나 때문에 네가 손에 피를 묻히는 것도 몸서리쳐지게 싫다는 것 또한 알고 있었겠네!"

"……."

그거였나.

한참 전부터 날 압박하던 네 무거운 분위기의 원인이?

"율리아."

"…오늘은 얘기하고 싶지 않아. 그만 가줘."

내게 남은 시간은 오늘 하루가 전부다. 오늘이라는 건 자정이 넘기 전까지를 말한다.

이런 상태로 오늘이 지나 버리면, 그것은 곧 퀘스트 실패를 뜻하며, 소라스의 힘을 잃고 만다.

그렇다고 여기서 더 잡고 있어 봤자 상황만 악화될 뿐이다.

어떻게 해야 하나 한참을 고민하다가 일단 한발 물러서기로 했다.

"그래. 가볼게."

의자에서 일어나 쉽사리 떨어지지 않는 발을 겨우 옮겼다.

그대로 문을 열고 나서려는데, 율리아의 음성이 나를 붙잡았다.

"소라스."

뒤를 돌아봤다.

율리아가 잠시 머뭇거리다가 말했다.

"무사히 돌아와서 다행이야. 내내… 걱정했어. 네가 살인을 저지르는 건 싫지만, 네가 죽는 건 더 싫어."

"율리아……."

율리아가 힘든 미소를 지었다.

"나머지 이야기는 내일 다시 하자."

"응."

난 방을 나와 문을 닫았다.

그렇게 가만히 서 있었다.

'율리아의 마음은 확인했어.'

그녀가 날 어떻게 생각하는지는 확실해졌다.

하지만 과연 이렇게 가는 게 맞는 걸까?

율리아는 방에서 나가려는 내게 겨우 마음을 열었다.

그리고 난 안도하며 그녀의 방에서 나왔… 이런 멍청한!

"율리아!"

그녀의 이름을 부르며 문을 잡아 당겼다.

그런데.

"……."

율리아가 문 앞에 서 있었다.

놀란 듯 날 바라보는 그녀의 두 눈엔 눈물이 맺혀 있었다.

그 순간 내 이성은 완전히 사라져 버렸다.

율리아를 끌어안고 입을 맞췄다.

그것은 곧 뜨거운 키스로 이어졌다.

율리아는 날 밀어내지 않았다.

오히려 더욱 꽉 끌어안아 주었다.

이 시간이… 오래도록 영원했으면 좋겠다는 생각이 들었다.

나의 비참했던 마지막은… 이제 더 이상 없었다.

새로운 과거가 내 영혼을 달래주었다.

띠링!

—'소라스의 소원' 퀘스트를 완료하셨네요~ 소라스와 율리아의 아름다운 사랑을 지켜주셨으니 그에 응당한 대가를 드려야겠죠? 선행을 쌓아 312링크가 주어집니다.

띠링!

퀘스트 종료.

일체화되었던 영혼의 기억에서 분리되어 현실로 복귀합니다.

두 번의 기계음이 들린 후, 난 소라스의 육신과 정신에서 빠져나와 허공을 부유했다. 율리아를 안고 있던 난 더 이상 내가 아니었다. 이제 그것은 온전한 소라스 본인이었다.

하나로 합쳐졌던 두 사람의 인격이 완벽하게 분리되었고, 지금 난 행복한 미소를 짓는 소라스를 바라보고 있었다.

다시 이 세상에 올 때 봤던 환한 빛이 일어 날 감싸 안았다.

속이 지독하게 울렁거렸고, 전신에서 엄청난 진동이 일었다.

동시에 소라스의 세계는 완전히 사라졌다.

Chapter 3
100g 골드바

"……."

멍했다.

조금 전까지 난 소라스이기도 하고 유지웅이기도 했다.

그 상태에서 갑자기 현실로 돌아와 버리니 머릿속이 뒤죽박죽이었다.

비틀.

다리에 힘이 풀렸다.

탁!

카시아스가 꼬리로 내 종아리를 때리지 않았으면, 볼썽사

납게 자빠졌을지도 모른다.

"으… 머리야."

이마를 짚고 잠시 생각을 정리했다.

아직도 소라스가 느꼈던 그 많은 감정이 내 것처럼 생생해서 안정되지 않았다.

"어이."

"…이왕이면 이름으로 좀 불러줄래?"

어이가 뭐야, 어이가. 고양이 주제에.

"퀘스트를 해본 소감은 어때?"

소감이라.

솔직히 얘기하자면.

"거지 같아."

"그렇군."

카시아스가 묘한 웃음을 머금었다.

남은 생전 처음 느껴보는 복잡 미묘한 기분에 머리가 터지려 그러는데 웃어?

진짜 악취미다.

"아무튼 퀘스트는 무사히 마쳤군."

"그래. 불행 중 다행이지."

퀘스트를 실패하면 소라스의 영혼이 사라진다.

그건 소라스의 힘도 사라진다는 말이다.

아무튼 그 최악의 경우는 막았다.

그리고 보상으로… 어? 잠깐만.

"내가 보상으로 받은 게……."

잘 생각나지 않는다.

당시 워낙 내 정신이 아니었던지라 제대로 듣지를 못했다.

"마인드 탭."

> 이름 : 유지웅
>
> 소속 : 지구, 대한민국
>
> 성별 : 남
>
> 나이 : 19
>
> 영력 : 5/5
>
> 영매 : 6
>
> 아티팩트 소켓 1/1
>
> 보유 링크 : 345

난 마인드 탭을 열었다.

그리고 수치를 주르륵 확인하다가 보유 링크에서 시선이 멎었다.

"사, 삼백사십오 링크?"

"소라스의 소원을 들어준 것도 선행으로 치더군. 그래서 네게 주어진 것이 312링크다."

대, 대박이다!

단번에 312링크라니!

실패했을 때의 리스크가 큰 만큼 성공했을 때의 보상도 크구나!

'가만. 가장 싼 영혼인 소라스의 소원을 들어준 것으로 312링크면, 더 비싼 영혼의 소원을 들어줄 경우 얼마가 들어오는 거야?'

못해도 500링크 이상은 들어오지 않을까?

아무튼 대박도 이런 대박이 없었다.

"당장 소울 스토어에서 나머지 영혼들을 살까?"

"신 났군."

그럼 이런 상황에서 신 나지 않으면 그게 정신병자지.

내가 지금 사지 못한 영혼은 150링크짜리 마르카스와 레퀴른이다.

마르카스는 화 속성 초급 마법, 레퀴른은 수 속성 초급 마법을 사용할 수 있게 해준다.

"내가 마법사가 되는 거야. 21세기 지구에서, 현대를 살아가는 마법사가 된다고……."

내 입으로 말하면서도 실감이 나질 않는다.

꿈은 아니겠지?

하지만 들뜬 내 심정과 달리 카시아스는 심드렁하기만 했다.

그런 카시아스가 얄미워 물었다.

“또 뭐가 불만인데?”

“불만 같은 거 없다.”

“근데 표정이 왜 그래?”

“늘 이 표정이다.”

…생각해 보니 그러네.

여태껏 난 카시아스에게서 심드렁한 얼굴 아니면 비웃는 얼굴만 쭉 봐왔다.

그 외에 다른 감정 표현을 하질 않는다.

아무튼 링크가 생겼으니 영혼을 사야 한다.

한데 마르카스와 레퓌른의 힘을 사용하려면 7의 영력이 필요하다.

현재 내 영력은 5.

두 단계를 업그레이드시켜야 한다.

난 마인드 탭에 보이는 영력을 터치했다.

팅—

영력 : 5

영력을 6으로 업그레이드하시겠습니까?

업그레이드 비용은 15링크입니다.
[Yes/No]

당연히 예스.
그리고 한 번 더.

영력 : 6
영력을 7로 업그레이드하시겠습니까?
업그레이드 비용은 30링크입니다.
[Yes/No]

이번에도 예스를 터치.
이것으로 내 영력은 7이 되었다.
남은 링크는 딱 300.
두 개의 영혼을 모두 살 수 있는 액수다.
"소울 커넥트."
당장 소울 스토어에 접속했다.

*　　*　　*

…이건 예상 못했던 상황인데.

"어쩌시겠어요?"

라헬은 고민에 빠진 내 모습이 즐거운 듯 만족스레 웃으며 물었다.

난 내 앞에 놓인 마르카스, 레퓌른의 영혼과 250링크의 새로운 영혼 둘, 골드바, 그리고 300링크 값어치의 아티팩트 하나를 바라보며 고민에 빠졌다.

링크를 많이 들고 왔더니 갑자기 선택지가 많아진 것이다.

우선은 250링크로 살 수 있는 영혼들부터 살펴보자면, 그들의 힘을 사용하는 데 필요한 영력은 10이다.

현재 내 영력은 7.

여기서 8로 업그레이드하는 데만도 50이 든다.

그러니 9로 업그레이드하는 순간 이미 250링크의 영혼을 살 수 없게 된다.

따라서 두 영혼에 대한 설명은 제대로 듣지 않았다.

그럼 합리적으로 당장 살 수 있는 건 마르카스, 레퓌른의 영혼과 아티팩트, 100g 골드바다.

그중 무려 300링크나 하는 아티팩트는 일시적으로 영혼의 능력을 극대화시킬 수 있는 목걸이였다.

그것 역시 레이브란데가 만든 것으로, 이름은 비욘드 텅(Beyond Tongue)이었다.

이건 지구식대로 이름을 붙인 것이고 데브게니안 대륙 말로는 발음하기도 힘든 단어였다.

아무튼, 대충 초월의 언어라는 뜻이 담긴 이름 같았다.

비욘드 텅을 착용하고서 원하는 영혼의 능력 중 하나를 강화시키면, 본래의 힘에 십수 배 이상 강력한 힘을 낸다고 한다.

이를테면, 낭아권의 위력이 십수 배가 된다는 것이다.

하지만, 비욘드 텅이 하루에 뻥튀기할 수 있는 능력은 한 가지뿐이다. 다른 능력을 강화시키려면 하루가 지나야 한다.

더불어 강화되었던 힘은 삼십 분까지만 효력을 발휘하고, 삼십 분이 지나면 그날 하루 동안은 강화시켰던 능력 자체를 사용할 수가 없게 된다.

이런저런 리스크가 제법 붙지만 그래도 상당히 탐나는 물건이긴 하다.

'역시 비욘드 텅을 사는 게 맞을까?'

그런데 당장 그걸 사서 어디에다 쓰나 싶었다. 사실 비욘드 텅에 대해 심각하게 생각할 수가 없었다. 한참 전부터 골드바에서 번쩍거리는 황금빛이 내 합리적 사고를 정지시키고 있었다.

골드바라는 걸 뉴스에서만 봤지, 이렇게 실물로 보게 될 줄은 몰랐다. 견물생심이라고, 눈으로 보니 더 욕심이 났다. 그만큼 지금 우리 집엔 돈이 간절했다.

골드바의 가격은 300링크.

라헬은 내 소지금을 파악하자마자 가장 먼저 골드바부터 보여주었다.

300링크면 100g 골드바를 살 수 있다고 유혹하면서 말이다.

솔직히 욕심난다.

그냥 오다가다 들은 말로 요즘 금 시세가 1g에 42,000원 정도 한다고 했다.

그럼 100g이면 420만 원이 되는 것이다.

물론 내가 골드바를 가지고 금은방에 가서 판다면 저 가격을 고스란히 회수할 순 없다.

금이란 살 때 보다 팔 때 시세가 더 내려간다.

더불어 어린애라 얕잡아 볼 테니, 여러모로 속이고 후려쳐서 헐값에 골드바를 얻어내려 할 것이다.

'그래도 너무 멍청하게만 행동하지 않으면 큰돈을 만들 수 있는데.'

아까도 말했듯이 지금 우리 집에 가장 필요한 건 현실적으로 돈이다.

아무리 생각해도 당장 돈이 벌리려면 아버지의 가게가 다시 일어서는 수밖에 없다.

나중에는 돈이 될 만한 영혼의 힘을 얻을 수 있을지 모른다. 그러나 중요한 건 '당장' 돈이 필요하다는 것이다.

아버지의 가게를 다시 일으키기 위해 새로운 메뉴를 개발한다 하더라도, 그것을 실용화할 수 있는 구조로 가게를 바꾸려면 목돈이 필요하다.

하지만 당장은 그 목돈을 끌어올 수 있는 곳이 없다.

나는 아직 고3이다.

난 결국.

"골드바를 사겠어."

300링크로 골드바를 사는 쪽을 택했다.

라헬이 크게 고개를 끄덕였다.

"선택 잘하셨네요. 역시 지웅 님의 혜안은 탁월하십니다."

완전히 조롱하는 어투라 뭔가 당한 듯한 느낌이 든다.

툭.

카시아스가 꼬리로 내 바짓단을 살짝 건드렸다.

뭔가 제지하려 했던 거 같은데, 그 태도가 강경하지는 않았다.

라헬은 내가 마음이라도 바꿀까 싶은 건지 얼른 골드바를 코앞까지 밀어놓았다.

난 그것을 집었다.

"그럼 안녕히 가시죠."

라헬은 인사와 함께 사라졌고, 어둠도 물러갔다.

난 다시 현실로 돌아왔다.

지나다니는 사람 하나 없는 우리 집 앞 골목길이 날 반겼다.

그리고 내 손엔 찬란하게 빛나는 골드바가 들려 있었다.

고작 100g 밖에 안 하는 것이 대단히 묵직하게 느껴졌다.

"이게… 사백이십만 원짜리야."

내가 태어나서 단 한 번도 손에 쥐어보지 못한 큰돈이었다.

카시아스를 만나 선행을 쌓아, 처음으로 영혼의 힘을 얻었을 때만큼 가슴이 뛰었다.

이걸 아버지, 어머니에게 보여주면 얼마나 좋아하실까?

'아니, 오해부터 하실라나?'

고3이 어디서 이런 골드바를 구한단 말이야.

당장 훔친 자리에 그대로 갖다 놓으라 하시겠지.

'돈으로 바꾸는 거야, 어떻게든 처리한다 치고…….'

그 많은 돈을 뭐라고 하면서 아버지께 드리지?

편의점에서 열 달 치 월급을 가불받았다고 할까?

말도 안 된다.

아니, 우리 점장님 성격이라면 인정에 호소할 경우 충분히 그리해 줄 것 같기도 하다.

그러나 상식적으로 부모님이 그런 말을 믿을 리 없다는 게 문제다.

'어쩐다.'

고민하며 집으로 향하는 내게 카시아스가 물었다.

"골드바를 사서 좋아?"

"그럼 돈 들어오게 생겼는데 안 좋아?"

"나중을 생각한다면 골드바보단 아티팩트나 영혼의 힘을 사는 게 더 좋았을 텐데."

"…근데 왜 안 말렸어?"

"이제는 슬슬 네가 혼자의 판단으로 해나갈 때다. 언제까지 내 그늘에서 태양을 피할 생각이냐? 그리고 난 분명히 말렸다."

"꼬리로 대충 한 번 친 거?"

"그래, 그거."

"고맙다. 열성적으로 뜯어말려 줘서."

"고마운 줄 알면 됐다. 얼른 집으로 들어가서 햄이나 내와라."

냉장고에 햄 남아 있는 건 어떻게 알고.

"미리 말해두지만 차가운 건 싫다. 잘 구워서 내와."

하여튼 바라는 것도 많다.

한데… 앞으로는 카시아스가 내 판단에 간섭하지 않겠다고?

그것 참 편하겠네.

하지만 한편으로는 조금 겁이 나기도 한다.

내가 나 혼자만의 판단으로 앞으로의 일을 잘 헤쳐 나갈 수 있을까?

* * *

토요일.

아침 일찍부터 집을 나섰다.

목적지는 상덕이네 집.

오늘 나는 상덕이 어머니와 많은 일을 해야 한다.

카시아스는 오늘도 나를 쫄래쫄래 따라오다가, 어깨에 올라탔다가 머리에 올라탔다가, 그 상태로 투명화했다가, 아무튼 제 기분 내키는 대로 하며 그림자처럼 붙어 다녔다.

상덕이네 집은 구름다리 근처라 우리 집에서 그다지 멀지 않다.

상덕이네 집에 거의 다다랐을 때, 난 무심코 카시아스에게 물었다.

"근데 카시아스."

"왜?"

"레이브란데는 왜 이런 마법을 만든 거야?"

"본래는 자신이 사용하기 위해서였었지."

"그런데 사용 못 한 거야?"

"그래. 왜인지는 묻지 마라. 나도 자세히 모른다."

그럼 그건 그렇다 치고.

"이 마법의 존재 의의는 뭘까? 왜 이런 마법을 만든 거야? 어디다 쓰려고? 레이브란데는 대마법사였다며? 그럼 충분히 강했을 테니 힘이 필요했던 건 아닐 테고."

카시아스는 내 물음에 잠시 침묵을 지키다가 대답했다.

"나는 네게 레이브란데의 인과율을 시전했다. 그리고 넌 그 마법 속에서 선행을 쌓아 얻은 링크로 영혼의 힘을 사지. 그리고 그 영혼들의 힘을 이용해 다시 선행을 쌓게 되겠지."

"그렇겠지?"

"네가 그 영혼들의 힘으로 선행을 쌓으면 네가 산 영혼들은 위로를 받는다."

"위로? 무슨 위로?"

"자신의 힘을 빌려준 매개체가 착한 일을 해서 다행이라는 위로. 그렇게 위로를 받은 영혼들은 네게 자신의 힘만을 남겨두고 저승으로 가게 되지. 하지만 가끔 소라스처럼 커다란 한을 가진 영혼들은 기억 속으로 들어가 직접 그것을 풀어주어야 저승 가는 길을 밟는다."

"내가 선행을 쌓는데, 영혼들한테 왜 위로가 돼?"

그리고 그 영혼들은 굳이 내게 위로를 받아야 저승으로 가는 건가? 위로받지 못하면 저승으로 못 가는 거야?

"네가 사는 영혼은 하나같이 이승에 미련이 남아 저승으로 가지 못하는 것들이야. 그 미련이 바로 한이 되는 것이고. 한을 품은 영혼은 저승으로 가기엔 너무 탁해서 이를 씻어내야 하지. 한데 네가 영혼의 힘으로 선행을 쌓으면 맑은 에너지가 발생하고 그것이 탁한 영혼을 세척한다. 이것을 위로한다고 하지. 그렇게 위로받은 영혼은."

"내게 선물처럼 자신의 힘만 남기고 저승으로 간다?"

"그렇지."

이거 무슨 내가 액받이 무녀라도 된 기분이다.

미련이 남아 한을 품은 영혼의 힘을 사들여 선행을 하고, 그렇게 발생하는 맑은 에너지로 탁한 영혼을 세척해 위로해 주면, 그 영혼들이 승천한다?

"그런데 그게 무슨 의미가 있는 거야? 레이브란데는 엄청난 박애주의자라서 죽은 영혼들의 성불까지도 신경 쓴 거야?"

"그건 아니겠지."

"그럼 뭔데?"

"유지웅, 난 네게 거짓을 말하지 않는다. 하지만 차마 다 못하는 얘기가 있을 수도 있어. 지금은 모든 것을 얘기해 줄 때가 아니다. 그러니 질문은 거기까지만 해."

카시아스가 갑자기 진지하게 나오니 나도 더 이상 물어볼 수가 없었다.

결국 아쉽지만 오늘은 한발 물러나기로 했다.

그러는 사이 벌써 상덕이네 집 앞에 도착했다.

상덕이는 어머니와 둘이서 주택 반지하에 세를 들어 살고 있다.

상덕이에게 전화를 하니, 곧 어머니와 둘이서 밖으로 나왔다.

이미 어제 내가 아침에 찾아갈 것이라 얘기를 해둔 터였다.

그리고 어머니는 이제 완벽히 나를 사업 파트너로 인식하고 계셨다.

해서 내가 찾아가면 상덕이와 함께 날 맞으러 나오신다.

"지웅아, 아침 먹었어?"

"아니요."

"그럼 안으로 들어오지 그러니. 밥부터 먹고 뭘 하는 게 좋지 않겠어?"

상덕이 어머니가 내 끼니를 걱정해 주신다.

정말 좋은 분이시다.

"괜찮아요. 오늘은 다른 곳부터 들렀다가 맛있는 아침 먹으러 가요. 제가 사드릴게요."

그러자 상덕이가 눈을 빛냈다.

"정말? 그럼 난 스테이크!"

저 녀석은 세상에서 가장 비싸고 맛있는 음식이 스테이크라고 믿는 놈이다.

"알았다, 알았어. 아무튼 그 스테이크 먹으려면 먼저 해결해야 할 일이 있으니까 열심히 걷자."

"왜 걸어?"

"여기서는 해결할 수 없는 일이니까."

"그럼 어디서 해결해야 하는데?"

"금은방."

상덕이와 상덕이 어머니가 서로를 바라보며 고개를 갸웃거렸다.

나는 주머니에서 100g 골드바를 꺼내 보였다.

그러자 그것을 본 상덕이 어머니의 눈이 휘둥그레졌다.

그러나 경제관념 제로인 상덕이는 '우와~ 금이네?' 하고 말 뿐이었다.

"지, 지웅아. 그, 그, 골드바 어디서 났… 딸꾹!"

상덕이 어머니께선 결국 딸꾹질까지 하신다.

"엄마, 왜 그래? 나 몰래 뭐 맛있는 거 먹었지? 그치?"

상덕이 저놈 머릿속엔 먹는 것 말고 다른 건 들어 있지 않나 보다.

"뭐 먹었어! 어쩐지 아침부터 방에서 라면 냄새 나는 것 같더라니! 라면 먹었지! 그치!"

상덕이가 상덕이 어머니의 앞섶을 움켜쥐고 바락바락 소리쳤다.

"엄마 미워어어어어어!"

"이 자식이 왜 이래!"

퍽!

결국 상덕이 어머니의 주먹이 녀석의 정수리에 꽂혔다.

"아악!"

상덕이가 정수리를 감싸 쥐고 주저앉았다.

"하여튼 저거저거 나이만 처먹었지, 하는 꼬라지는 초등학생이야, 아주."

상덕이는 억울해 죽겠다는 얼굴로 상덕이 어머니를 노려봤다.

상덕이 저 녀석은 꼭 어머니 앞에서 애가 된다.

뭐, 제 말로는 혼자 자기를 키우시는 어머니가 안쓰러워 일부러 과하게 애교를 부리는 거라고 하지만… 이건 애교를 넘어서서 그냥 덜떨어진 수준이다.

게다가 평소에도 좀 덜떨어져 보이긴 한다.

성격 자체가 워낙 즉흥적이다. 나쁘게 말하면 생각이 없고, 본능에 따라 행동한다 이거다.

그래서 어디 모자란 놈은 아닌데 나사 하나 빠진 것 같을 때가 제법 많다.

아무튼 저놈도 빨리 사람 돼야 하는데, 쯧쯧

“아무튼 지웅아, 이게 그 골드바라는 거지?”

“네, 맞아요.”

“이거 어디서 난 거야?”

이런 질문이 나올 줄 알고 미리 준비해 놓은 거짓말이 있다.

난 최대한 무거운 표정을 지으려고 노력했다.

그리고 겨우 입을 열었다.

“사실…….”

착 가라앉은 무거운 음성. 스타트 좋고.

“우리 할아버지 유품인데요… 제가 몰래 들고 나왔어요.”

“하, 할아버지 유품?”

“네. 이거라도 팔아야지 무뻐 국물 닭발 만드는 재료값도 충당하고, 우리 가게 리모델링 비용도 댈 수 있지 않겠어요?”

그 말에 상덕이 아주머니는 심란함과 놀라움이 뒤섞인 그로테스크한 표정을 지었다.

“아무리 그래도 그렇지… 할아버지 유품을…….”

“아주머니, 할아버지 유품도 우리 집이 잘살고 있을 때나 유품이지, 이대로 망해 버리면 결국 언젠가는 팔리게 될 거예요. 망해서 이걸 팔아봤자 누구 코에 붙이겠어요? 빚 갚는 데 다 나가겠죠. 그럴 바엔 지금 팔아서 투자자금으로 삼자는 거예요. 그래서 돈 많이 벌면, 그때 다시 똑같은 걸로 사서 돌려놓으면 되지 않겠어요?"

내 일장연설에 상덕이 어머니가 살짝 미간을 찌푸렸다.

"그래도 조금 께름칙하다~ 아줌마는. 게다가 네가 그걸 들고 금은방에 가봤자 주인이 사주기나 하겠니? 딱 봐도 고등학생인데."

"그래서 아주머니 도움이 필요해요."

"내 도움?"

"네. 아주머니께서 저 대신 골드바를 좀 팔아주시면 안 될까요?"

"내, 내가?"

상덕이 어머니가 적잖이 당황했다.

"아주머니 말씀대로 제가 가져가 봤자 사려드는 사람도 없을 테고, 설사 산다고 해도 가격을 무지하게 후려칠 게 뻔하잖아요. 그러니까 아주머니께서 도와주세요."

내가 골드바를 내밀자, 상덕이 어머니가 뒤로 주춤 물러났다.

"정말… 괜찮겠니? 각오 단단히 한 거야? 그리고 말이다… 지금 네 행동 대단히 맹랑한 거 알지? 고딩이 할아버지 유품 빼돌려서 친구 어머니한테 대신 팔아달라 그러고 말야."

"네, 잘 알아요. 그래도, 이렇게 하지 않으면 어디서 투자금을 마련하겠어요? 아주머니, 제발 도와주세요, 네?"

내 간절한 부탁에 상덕이 어머니의 마음이 살짝 흔들리는 모양이었다.

상덕이 어머니는 엄지손톱을 까드득 씹으면서 심각하게 고민하기 시작했다.

"아주머니, 그렇게 해야 우리가 살아요. 아주머니도 우리도 함께 잘돼야 하잖아요, 네?"

난 상덕이 어머니를 더 흔들었고, 결국.

"하아, 그래. 이 마당에 내가 무슨 배부른 걱정을 하고 앉아 있는 건지, 원. 해보자. 가자, 지웅아. 근데 지금 문을 연 곳이 있을까?"

"있을 거예요."

"상덕아, 들어가서 엄마 코트 좀 갖고 나와."

"엄마."

"응?"

"라면 진짜 안 먹었……."

"이노무 새끼가!"

후다닥!

상덕이가 바람처럼 집 안으로 뛰어 들어갔다.

Chapter 4
비법의 완성

우리 세 사람은 문을 연 금은방 집을 찾아 들어갔다.

“어서 오세요~”

말끔한 세미 정장 차림에 안경을 낀 단발머리 아주머니가 우리를 반겼다.

제법 나이가 있어 보이는데도 미모가 제법인데다 몸은 슬림하고, 화장을 세련되게 했다.

자기 관리에 철저한 사람이라는 인상이 풍겼다.

아주머니는, 물론 영업용이겠지만, 포근한 미소를 지었다.

“사장님이세요?”

상덕이 어머니가 물었다.

"네~ 제가 사장이에요."

상덕이 어머니가 내게 미리 받아놓았던 골드바를 꺼냈다.

그것을 본 금은방 사장님의 눈이 찰나지간 번뜩였다.

하나, 언제 그랬냐는 듯 다시 미소로 속내를 감췄다.

"이것 좀 팔려고 하는데요."

"골드바네요?"

"네, 순금이에요."

"100g짜리고… 24K인데……."

사장님은 골드바를 이리저리 살펴보다가 고개를 갸웃거렸다.

"각인이 없네요?"

저 소리 나올 줄 알았다.

이미 골드바에 대해 인터넷으로 검색을 하고 온 후였다.

각인이라는 건 골드바에 찍혀 있는 제품인증서 같은 것이다.

골드바는 보증서가 있어봤자 법적인 효력이 발동하지 않는다.

가장 중요한 건 골드바에 찍힌 각인이다.

각인의 기본 사항은 상호, 로고, 중량, 순도, 인증 기관 마크 등이다.

간혹 시리얼 넘버까지 찍혀서 나오는 경우도 있다고 한다.

아무튼 내가 소울 스토어에서 산 이 골드바는 각인은커녕 어떠한 문양도 그려지지 않은 순수한 100g짜리 골드바다.

“이거 어디서 구하셨나요?”

“우리 아버지 유품이에요.”

미심쩍어하는 사장님의 물음에 상덕이 어머니가 말했다.

“아~ 그러시구나. 그런데 유품을 이렇게 팔아도 되나요?”

“당장 굶어 죽게 생겼는데 그럼 어쩌겠어요.”

“음… 혹시 따로 문제 있는 물건은 아니죠?”

“정 의심되면 다른 데로 가보구요.”

“에이~ 사모님도. 제가 언제 의심했다 그러세요? 그냥 형식과 절차상 여쭤본 거지.”

그러더니 사장님은 골드바를 전자저울에 올려보고 돋보기로 한참 살펴보더니 고개를 끄덕였다.

“24K는 맞는 것 같은데 각인이 없으니 제대로 된 값 쳐주기는 힘들어요.”

사장님은 지금 각인이 없는 대신 위험부담을 할 테니 가격을 좀 합의하자는 말을 돌려 하고 있었다.

상덕이 어머니도 그 정도는 알아들었을 것이다.

“최대한 잘 쳐줘 봐요.”

상덕이 어머니가 아줌마 특유의 넉살을 부리며 밀어붙였다.

"음… 요즘 금 매매 시세가 살 때는 한 돈에 십칠만 원, 팔 때는 십육만 원 정도 해요. 그럼 백 그램이니까 사백십만 원 정도 되는데… 각인이 없으니 이대로 받아서 다른 손님에게 파는 건 무리라서, 가격이 조금 더 깎이는 건 이해해 주셔야 돼요."

"얼마까지 해주실 건데요?"

"생각하신 금액 있으세요?"

"그걸 내 입으로 잘못 말했다간 호구되는 거 아닌가요?"

상덕이 어머니가 씩 웃었다.

그러자 사장님도 전보다 환한 미소를 지어 보였다.

둘 다 웃고 있었지만 그 사이에선 팽팽한 기 싸움이 벌어지고 있었다.

결국 사장님이 먼저 가격을 제시했다.

"삼백이십 정도면 어떨까요?"

"근처 금은방 발품 팔면 그것보단 더 받을 것 같네요. 가자, 애들아."

"잠시만요! 전 그냥 제시를 해드린 것뿐이에요. 마음에 안 드시면 협상을 하시면 되죠~ 급하시긴."

"합리적으로 해주세요, 사장님."

"그럼요~ 사모님. 음… 좋아요, 삼백오십 드릴게요."

그 정도면 나쁘지 않다.

상덕이 어머니가 슬쩍 날 바라봤고, 난 고개를 끄덕였다.
그에 상덕이 어머니가 입을 열려는 찰나.
딸랑.
가게 문이 열리며 누군가가 들어섰다.
"엄마~ 나 왔어."
응? 근데 목소리가 낯설지 않다.
사장님을 엄마라 부르며 내 옆을 휙 지나가던 붉은 머리 여인이 우뚝 멈춰 서서 뒤를 돌았다.
그리고 나를 바라봤다.
"어……? 너… 유지웅?"
놀란 얼굴로 내 이름을 부르며 다가오는 그녀는 박인비였다.
양아치 남친 사귀다가 봉변당할 뻔한 걸 내가 구해주는 바람에 무사히 넘어간 쿨한 여인.
"완전 신기해~! 완전 반가워! 여긴 어쩐 일이야?"
연락하겠대 놓고 여태껏 연락이 없더니 금은방에서 만나게 될 줄은 몰랐기에 나도 신기했다.
"금은방에 뭐 하러 왔겠어?"
"금 사러 왔어? 팔러?"
"팔러. 그런데 방금 사장님한테 엄마라고 했어?"
"응! 여기 우리 엄마 가게야. 아, 너도 어머니랑 같이 왔구나!"

인비가 내 팔에 착 달라붙더니 상덕이 어머니를 보며 말했다.

"안녕하세요, 지웅이 어머니~! 박인비라고 해요. 보시다시피 여기 사장님 딸이구요~ 지웅이랑은 말 못할 비밀을 간직한 사이에요. 이제보니 지웅이가 어머니 닮아서 미남이었네요~! 그런데 옆에 걔는 누구예요? 동생이에요? 몇 살? 근데 동생은 형 미모를 못 따라가네요~ 호호호호."

…얘를 어쩐다냐.

상덕이가 입을 쩍 벌렸고 상덕이 어머니는 억지 미소를 지으며 말했다.

"저기, 아가씨? 지웅이는 내 아들이 아니고, 지웅이보다 못생긴 애가 내 아들인데? 그리고 내 아들은 나 닮았다는 얘기 많이 듣고."

그 말을 듣고 나서야 인비는 상황을 인지한 모양이었다.

"어머, 그러세요? 죄송해요~ 제가 실수했네요. 하긴 조금 말이 안 되는 유전자 조합이긴 했어요, 그쵸?"

"……."

이제 상덕이 어머니는 미소마저 사라졌다.

상덕이는 거의 울 듯한 얼굴이었다.

그 광경에 인비의 어머니, 금은방 사장님이 어쩔 줄 몰라

했다.

"이, 인비야! 너 그게 무슨 경우 없는 얘기니?"

"왜? 내가 뭐 이상한 말 했어?"

인비는 성격만 쿨한 게 아니라 눈치까지 없다.

상덕이 어머니가 무슨 일이라도 저지를 것 같은 얼굴로 사장님을 노려보며 말했다.

"못생긴 아들 둔 엄마가 팔러 온 골드바를 얼마까지 쳐준다구요?"

사장님이 식은땀을 줄줄 흘리며 대답했다.

"제, 제가 사백만 원이라 그랬었죠?"

"당장 현금으로 주세요!"

"네, 네."

의외의 복병으로 인해 결국 신경전은 상덕이 어머니의 승리였다.

* * *

어떻게 보면 인비의 도움을 받은 건가?

그녀가 눈치 없이 막 행동하는 바람에 우리는 결국 골드바를 사백만 원에 팔 수 있었다.

지금은 근처 분식집에 와서 상덕이와 상덕이 어머니, 나,

그리고 필사적으로 우리를 쫓아온 인비, 이렇게 넷이 모여 식사를 하는 중이었다.

원래는 상덕이가 우긴 대로 스테이크라도 사줄 생각이었지만 상덕이 어머니가 한 푼이 아쉬운 마당에 그건 안 될 소리라며 분식점으로 우릴 이끌었다.

테이블엔 떡볶이와 내장이 가득 섞인 순대, 김밥, 튀김, 그리고 음료수가 놓여 있었다.

상덕이는 상당히 허기졌었는지 한 상 가득한 분식에 정신을 반쯤 놓고 있었다. 나머지 정신 반은 인비의 얼굴을 힐끔힐끔 훔쳐보는 데 소모하고 있었다.

상덕이 어머니는 떡볶이 국물에 순대를 찍어 드시면서 인비를 못마땅하게 바라봤다.

무려 두 사람의 시선이 자신에게 향하고 있는데도, 인비는 아무렇지 않게 식사를 하며 내게 말을 걸었다.

"운명이라는 걸 믿어? 난 별로 믿지 않았는데, 어쩌면 있을 수도 있겠다는 생각을 아까 했어. 하고 많은 금은방 중에 어떻게 네가 우리 가게에 들어올 수 있겠어? 게다가 그거 알아? 나 엄마 가게 잘 안가. 오늘은 용돈 떨어져서 좀 뜯어내러 간 거였거든. 그런데 거기서 너랑 딱 마주치다니. 진짜 신기하지 않아?"

"그냥 우연이야."

"우연에 우연이 겹치면 운명이라는 말 몰라?"

어디서 주워들은 건 있어가지고.

"운명이라는 걸 너무 막 갖다 붙이지 마."

"하여튼 뻣뻣하기는."

"그보다… 아니다."

"뭐? 물어봐."

하마터면 말실수할 뻔했네.

빨리 딴청이나 부리자.

"아니야. 밥이나 먹어. 상덕아, 천천히 먹어라. 음료수도 좀 먹으면서. 체하겠다."

난 상덕이를 챙기면서 떡볶이며 튀김, 순대들을 마구 집어 먹었다. 신기한 것은 리조네의 절대미각이 음식들을 먹는 순간 그 안에 들어간 재료들을 귀신같이 알아맞힌다는 것이다.

분식에 들어간 재료와 조미료 중 내가 못 먹어본 것은 없었다. 집에 가면 똑같이 만들 자신이 있었다.

"상덕이 다 챙겼으면 이제 말해봐."

"뭘?"

"나한테 하려던 말."

"그런 거 없어."

"아~ 알겠다. 너 그거 물어보려 그랬지?"

"그거?"

"왜 전화 안 했냐고. 맞지?"

"……."

인비는 쿨한데다 눈치가 없는 줄 알았다.

그런데 왜 이런 눈치는 이토록 빠른 걸까?

인비의 포크가 떡볶이 떡 세 개를 한 번에 찍었다.

"사실 전화번호 딴 날 저녁에 바로 연락하려고 했었거든? 그런데 괜히 기다리고 싶더라. 네 연락."

"좋겠다."

인비의 얘기에 상덕이가 느닷없이 말했다.

그에 인비와 내가 녀석을 쳐다봤다. 상덕이는 인비의 얼굴을 멍하니 바라보다가 화들짝 놀라 열심히 숟가락질을 해댔다.

…상덕아, 네가 숟가락으로 떠먹고 있는 거 음료수다.

저 녀석 아무래도 인비에게 빠진 모양이다.

하긴, 얼굴만 놓고 보면 인비도 상당한 미인이다.

상덕이가 빠질 만도 하다.

"앞으로도 연락할 일 없을 테니까 기다리지 마."

"응. 그러려고."

응? 의외로 말이 통하네?

"오늘 그것보다 더 놀라운 일을 경험했잖아. 너와 내가 운명적으로 만났다고. 그런데 연락 기다릴 필요 뭐 있어? 앞으로는 내가 하고 싶을 때마다 할 거야."

…그럼 그렇지.

애초에 대화가 통할 인물이 아니었다.

"아무튼 오늘은 밥만 먹고 돌아가. 하루 종일 할 일이 많아."

"나도 밥만 먹으러 온 거야. 엄마한테 용돈 한 푼이라도 더 받으려면 열심히 일 도와주는 척이라도 해야 하거든."

열심히 도와주는 척이라니.

내가 저런 딸을 낳으면 속 뒤집어져서 못 살 거야.

"아, 그리고 앞으로 우리 가게에 뭐 팔거나 사러 올 일 있음 맘 편하게 와. 괜히 친구네 아주머니 모셔 오지 말고."

"엉? 그걸 어떻게 알았어?"

"아주머니가 금 판 돈, 밖에 나오자마자 너한테 다 줬잖아."

역시 눈치가 빠른 게 맞는가 보다.

"내가 엄마한테 잘 말해놓을게. 너한테는 돈 후려칠 생각 말라고."

"네가 말해놓으면 어머니가 그래~ 알았다~ 하셔?"

"아니~ 혀 깨물고 죽어버리는 꼴 보기 싫으면 그렇게 하라고 협박해야지. 그럼 들어줘. 어쩔 거야? 딸이 죽겠다는데."

인비는 해맑게 웃으며 엄청난 소리를 해댔다.

그 바람에 나를 포함한 나머지 세 사람은 넋 빠진 얼굴로 그녀가 밥 먹는 것을 바라만 보게 되었다.

인비가 그런 우리 셋을 번갈아 보다가 뺨에 한 손을 대며 예쁜 척을 해댔다.

"내가 그렇게 예뻐요?"

"…네."

상덕이가 대답했고.

"밥이나 처먹어!"

따악!

"악!"

상덕이 어머니가 녀석의 정수리를 가격했다.

아이고, 이런 아침은 내가 그린 그림이 아닌데!

* * *

분식집에서 나오자마자 봉변을 당했다.

니야오오옹! 하아악!

"으아악!"

이 미친 똥고양이가 기다렸다는 듯 날아올라 발톱으로 내 얼굴을 할퀸 것이다.

그러고서는 날 한 번 째려본 뒤.

[혼자서 맛있는 거 처먹으니 좋냐?]

라고 텔레파시를 보내더니 사라졌다.

놀란 인비가 내 뺨을 감싸더니 얼굴을 바짝 들이밀었다.

"지웅아! 괜찮아? 어머어머, 얼굴에 발톱 자국 그대로 났어! 피 나잖아! 흉 지겠다, 어쩌니? 이 잘생긴 얼굴에……."

걱정을 하던 인비의 입꼬리가 슬슬 위로 올라갔다.

"아니다. 얼굴에 이런 상처 생기면 그것도 섹시하겠다."

"무슨 소리 하는 거야!"

난 인비의 손을 뿌리치고 약국부터 찾았다.

*　　*　　*

졸지에 얼굴에다 반창고를 덕지덕지 붙인 채로 인비와 작별을 했다.

이후 우리 셋은 상덕이네 집으로 향했다.

상덕이네 집 냉장고는 이미 무뼈 국물 닭발의 숙성 양념들로 가득했다.

상덕이 어머니는 그중 오 일 전에 새로 만든 양념 소스를 꺼냈다.

뚜껑을 열고 붉은 양념 소스를 바라보며 우리 셋은 긴장

했다.

그 양념 소스는 기존과 달리 들어가는 과일의 비율 배합을 다시 조정해 만든 것이기 때문이다.

그리고 들어가는 과일 자체도 두 가지를 바꾸었다.

물론 이러한 작업을 다시 한 건 나였다.

리조네의 절대미각은 기존에 있던 음식의 맛을 어떻게 하면 더욱 업그레이드시킬 수 있는지도 파악해 버린다.

내가 리조네의 힘을 얻은 초반에는 그저 음식에 깃든 재료들을 파악하는 것이 고작이었다.

한데 이 힘이 익숙해지면서 이제 나도 더 나은 맛을 위해 재료의 비율을 재조합하는 것이 가능해졌다.

더불어 무엇을 빼고, 어떤 것을 넣으면 전혀 색다르면서도 더욱 좋은 맛을 뽑아내는 것이 가능한지도 알았다.

눈앞에 놓인 숙성 양념 소스는 그 첫 번째 결과물이다.

내가 검지로 양념 소스를 찍어 입으로 가져갔다.

상덕이와 상덕이 어머니가 기대하는 눈빛으로 날 바라봤다.

한참 동안 혀를 굴려 양념 소스의 맛을 음미했다.

그러다 어느 순간 나도 모르게 눈을 부릅떴다.

'…됐다.'

지금까지 먹어봤던 그 어떤 양념 소스보다 훨씬 맛이 있었다.

이것으로 국물 닭발을 만들면 분명히 된다는 확신이 왔다.

"맛있어요."

"맛있어?"

"네. 바로 이거예요!"

내 확답에 상덕이와 상덕이 어머니가 서로를 꽉 끌어안았다.

"어머니, 바로 국물 닭발 좀 만들어볼게요."

"그래그래!"

상덕이 어머니가 하루 전 과일 소스에 재워놨던 무뼈 닭발을 가지고 나왔다.

닭발을 재운 그 과일 소스는 방금 맛봤던 오 일 숙성한 양념의 베이스가 되는, 즉 내가 배합을 다시 한 과일 소스였다.

난 과일 소스에 재운 무뼈 닭발과 오 일 숙성한 양념 소스를 이용해서 무뼈 국물 닭발을 만들었다.

요리에는 어떠한 화학조미료도 들어가지 않았다.

요리가 완성되어 갈수록 맛있는 냄새가 사방에 퍼져 군침이 돌게 만들었다.

조금 전에 아침을 먹었는데도 식욕을 자극하는 극강의 냄새였다.

"야, 이거 다 된 거 아니야?"

급기야 상덕이는 날 재촉하기 시작했다.

마침 요리는 완성되었고, 난 그것을 상에 올렸다.

우리 세 사람은 한 손에 젓가락을 들고서 동시에 닭발 하나씩을 공략했다.

그리고 그걸 입에 넣어 씹는 즉시.

"……!"

"……!"

"……!"

우리는 그대로 굳어버렸다.

하나, 그것도 잠시.

곧 세 사람의 젓가락은 바쁘게 움직이며 닭발을 흡입하기 시작했다.

도저히 분식집에서 그 많은 음식을 먹고 온 사람들이라고는 생각되지 않는 손놀림이었다.

순식간에 무뼈 닭발이 동나고 국물만 남았다.

이제 우리 세 사람의 손엔 숟가락이 들려 있었다.

다들 살짝 식은 국물을 한입씩 떠먹고서 서로 시선을 교환했다.

그리고 누가 먼저랄 것도 없이 동시에 외쳤다.

"볶음밥!"

그렇다.

이건 완벽한 볶음밥 국물이다.

상덕이 어머니는 자리에서 후다닥 일어나더니 밥 한 공기에 참기름과 깨소금, 김 가루, 그리고 김치와 양배추를 잘게 썰어 얹어서 갖고 왔다.

그것을 남은 닭발 국물에 넣고 가스레인지에 가열하며 빠르게 볶았다.

볶음밥은 금방 완성되었다.

다시 상 주변에 둘러앉은 세 사람은 전투적으로 숟가락을 휘둘렀다.

처음 한 숟갈이 내 입으로 들어오는 순간, 말로 형언할 수 없는 그 풍부한 맛에 눈이 스르르 감겼다.

상덕이와 상덕이 어머니 역시 나와 비슷한 얼굴이겠지.

이건 정말 초대박이다.

무뼈 국물 닭발은 물론이고, 남은 국물에 볶아 먹는 밥까지!

'여기에 치즈도 추가하면 더 좋을 것 같아.'

하지만 치즈는 호불호가 갈리니, 볶음밥 메뉴를 정할 때 볶음밥과 치즈밥이라는 메뉴를 나누어서 넣어야겠다.

잠시 동안의 감상 이후 다시 우리 셋의 숟가락은 바빠졌고, 볶음밥이 금방 동났다.

"푸하아~! 잘 먹었다!"

상덕이가 불룩 나온 배를 두들기며 드러누웠다.

상덕이 어머니도 트림을 꺼억~ 하고서는 행복한 미소를 머금었다.

나 역시 배가 불러 터질 지경이다.

그런데도 불쾌하지 않고 즐거웠다.

이거면 됐다.

용용닭발의 것을 뛰어넘는 맛이다.

"아주머니! 이제 됐어요. 우리 이걸로 시작하면 돼요!"

"그래, 지웅아! 이거네, 이거야!"

"내가 태어나서 먹어본 닭발 중에 제일 맛있어!"

"그렇지?"

상덕이 어머니가 상덕이에게 물었다.

"응! 엄마가 만든 건 진짜 완전 맛없는 거였네!"

빠억!

"어억!"

상덕이의 복부에 어머니의 주먹이 틀어박혔다.

Chapter 5
닭발 엽차기

우리 세 사람은 비장의 무기를 챙겨 아버지의 가게로 찾아갔다.

아버지는 카운터에서 텔레비전을 보다가 벌떡 일어섰다.

"어서 오… 응? 지웅아. 상덕이도 왔네? 아이고, 상덕이 어머님, 안녕하세요."

우리 가족과 상덕이네 가족은 서로 안면이 있다.

아직 우리 가족이 힘들지 않았던 시절, 그리고 상덕이네 아버지가 살아계시던 시절에는 종종 가족끼리 만나 외식도 하고 그랬었다.

하지만 우리 집이 힘들어지고 상덕이네도 아버지가 돌아가시면서 힘들어지는 바람에 한동안 왕래가 없었다.

"오래간만이에요, 지웅이 아버지. 제가 너무 연락도 없이 무심했죠?"

"아닙니다, 아니에요. 우리 가족이야말로 하루하루 먹고 사느라 정신이 없었죠. 그런데 어쩐 일로……?"

아버지가 궁금한 듯 물었다.

나는 카운터 위에 들고 있던 커다란 반찬 통을 턱 올려놓았다.

그것을 본 아버지가 고개를 모로 꺾었다.

"이게 뭐냐?"

"우리 가게를 살릴 요리예요."

"뭐? 우리 가게를 살린다니?"

"기대하세요. 개봉박……."

내가 뚜껑을 막 열려는 찰나, 내 귀에 누군가의 작은 속삭임이 들렸다.

"그래, 그렇다니까. 여기 사장 완전 호구야. 손님이 하나도 없고, 그 덕분에 나도 죙일 노는데 다달이 월급은 꼬박꼬박 줘. 완전 노 났지."

…뭐야, 이거?

파펠의 뛰어난 청력이 누군가의 작은 음성을 잡아냈다. 난 그 목소리의 근원지를 파악했다. 다름 아닌 주방이었다.

"사장이야 망하든 말든. 난 나 받을 거 제대로 챙겨서 나오면 되는 거지. 그치? 네가 들어도 신기하지? 다른 데서는 한 달도 못 돼서 쫓겨났는데 여긴 벌써 반년이 넘었다니까. 내일 망하면? 오늘까지 일한 거 다 달라 그래서 다른 데 가야지."

이 음성은 주방 아주머니의 것이 틀림없었다.

여태껏 그 아주머니가 날 보고 제대로 인사한 적이 한 번도 없어서 목소리가 어떤지 알 수는 없다.

그러나 우리 가게 주방에 있을 사람은 그 아주머니밖에 없다.

그렇다면 지금 우리 아버지를 험담하고 있는 것도 그 아주머니일 것이다.

난 뚜껑을 열려다 말고 주방으로 소리 없이 다가갔다.

주방 아주머니는 앉은뱅이 의자에 엉덩이를 깔고서 내가 온 줄도 모르고 소곤소곤 통화 중이었다.

"돈 줄 거라니까. 보통 호구가 아니야. 망해서 이번 달 치 못 준다 그러면 내가 가만있게? 바로 고소할 거야."

하, 더는 못 들어주겠네.

"저도 아주머니 고소하는 수가 있습니다."

내 음성에 주방 아주머니가 화들짝 놀라 일어섰다.

아주머니는 얼른 전화를 끊고 딴청을 부렸다.

"어, 어휴. 소, 손님인 줄 알았네."

"아주머니."

"응? 왜, 왜요?"

"방금 통화하시는 내용 다 들었거든요?"

"내가 무슨 통화를 했다 그래?"

"전화하면서 이 집 가게 사장이 호구니, 어쩌니 하셨잖아요!"

내가 소리를 버럭 지르자 아버지가 다가왔다.

주방 아주머니는 아버지와 날 번갈아가며 보더니 몹시 당황했다.

아버지가 그런 아주머니에게 물었다.

"아주머니, 지금 우리 아들이 하는 말 정말입니까?"

"아, 아니에요. 제가 엄한 말 잘못했다가 변 당할 일 있어요? 그, 그런 적 없어요."

웃기고 있네.

"제가 더 얘기해 볼까요? 우리 가게 손님이 하나도 없고, 그 덕분에 아주머니도 종일 노는데 월급은 꼬박꼬박 나와서 완전 노 났다구요? 가게가 내일 망하더라도 오늘 일한 것까지 급여 챙겨달라 할 거라구요? 안 챙겨주면 고소할 거라구요!"

자신이 했던 말을 그대로 반복하자 아주머니의 안색이 하얗게 질렸다.

"내, 내, 내가 언제 그런 말을 했다 그래! 이것 봐, 학생! 이런 식으로 생사람 잡아도 되는 거야! 엉?!"

궁지에 몰리니 아주머니는 목소리를 키웠다.

그에 내가 한마디 더 하려드니 아버지가 그런 날 말렸다.

"그만해라, 지웅아."

"아버지!"

"아주머니, 지금 그럼 내 아들이 거짓말을 한다는 건가요?"

"그래요! 자식 교육을 대체 어떻게 시켰길래, 이렇게 생사람을 잡아그래!"

저 아주머니가 흥분해서 지금 무슨 말을 하는 건지도 모르나보다.

사장 앞에서 그 사장의 자식을 욕하고 교육에 대해 운운하다니.

아버지는 그래도 끝까지 화를 참아 넘기셨다.

"아주머니. 제 아들, 공부도 못하고 교우관계도 원만치 않고 딱히 잘하는 것 하나 없는 놈입니다. 그런 걸 두고 교육 잘못시켰다고 한다면 저야 할 말은 없습니다. 하지만 제 아들이 잘못도 없는 사람한테 애먼 죄 뒤집어씌워 모함할 놈은 아닙니다. 전 그렇게 키웠습니다."

"…네, 네? 아니 나는… 사장님이 잘못 교육시켰다고 그런

말 하려던 게 아니라…….”

“제가 지금 무슨 말씀 드리는지 모르시겠어요? 난 내 새끼 믿습니다.”

“사, 사장님?”

“나가주세요. 어제까지 일한 건 계좌로 넣어드리겠습니다.”

아버지는 냉정하게 뒤돌아섰다.

그러자 아주머니는 붉으락푸르락해진 얼굴로 앞치마를 벗어 던졌다.

“내가 여기 아니면 어디 일할 데 없을까 봐!”

적반하장도 유분수다.

아주머니는 마치 자기가 억울한 일을 당한 것처럼 화난 걸음으로 가게를 나가 버렸다.

“어머어머, 무슨 저런 사람이 다 있대?”

상덕이 어머니가 혀를 찼다.

그러자 상덕이가 고개를 끄덕이며 맞장구쳤다.

“그러니까 말야. 근데 엄마, 방금 그 아줌마 생긴 게 좀 엄마 닮지 않았어?”

퍽!

“껵!”

상덕이 어머니가 상덕이의 얼굴에 니킥을 날렸다.

하여튼 매를 벌어요, 매를.

*　　　*　　　*

한바탕 소란이 지나가고 난 다음, 아버지는 갑자기 고민에 빠졌다.

"후우, 주방 아주머니가 나가 버렸으니 이제 어쩐다."

그 말에 상덕이 어머니의 눈에 기대감이 가득 어렸다.

"아버지."

"응?"

"새로운 주방 아주머니 제가 모시고 왔잖아요."

"뭐? 어디?"

주변을 살피던 아버지의 시선이 상덕이 어머니에게 꽂혔다.

"설마……?"

"맞아요. 상덕이 어머니께서 우리 가게 주방에서 일해주실 거예요."

"그게… 그래도 되는 건가?"

아버지가 머리를 긁적였다.

좀 미적지근한 아버지 반응에 상덕이 어머니가 애타는 얼굴이 되었다.

"왜요? 제가 여기서 일하는 건 싫으세요?"

"아니… 그게 아니라. 상덕이 어머니 구름다리에서 포차 하시잖아요? 닭발 열심히 팔고 계신 분을 갑자기 우리 주방으로 들여놓기가 좀……."

그 말을 듣고 나서 상덕이 어머니가 가슴을 쓸어내렸다.

"난 또 뭐라고. 그 일이라면 걱정 말아요. 포차 정리했어요."

"네? 아니, 왜요?"

"얼마 전에 사고가 좀 있었거든요. 요샌 워낙 미친놈이 많아서 그런 식으로 불법 포장마차는 운영 못 하겠더라구요. 마음이 어찌나 불안한지."

아버지가 깊이 공감한다는 듯 고개를 끄덕였다.

"그렇죠. 제정신 아닌 사람이 많은 것 같네요."

그리 말하는 아버지의 시선이 주방으로 향했다.

우리도 조금 전에 상식 밖의 사람 하나를 가게에서 내쫓지 않았던가?

"그런데 정말 괜찮겠어요? 보다시피 우리 가게 꼴이 이래요. 손님도 하나 없고, 언제 문 닫을지도 모르는 상황이라서요."

아버지의 그 말이 내 가슴을 아프게 후벼팠다.

아버지는 어떤 상황에서도 가게만큼은 내놓을 생각을 안

하셨었다.

가게가 우리 가족의 유일한 돌파구였기 때문이다.

한데 지금은 그 가게마저 처분할 생각을 하고 계셨던 모양이다.

난 저릿한 가슴을 한 차례 탕! 두들겼다.

그러자 아버지가 자연스레 날 바라봤다.

"아버지, 그래서 비장의 무기를 갖고 왔잖습니까?"

"비장의 무기라니?"

난 망설임 없이 반찬 통의 뚜껑을 열었다.

그 안에는 아직 조리 전인 무뼈 국물 닭발이 담겨 있었다.

"이거… 닭발 아니냐?"

"네. 이게 우리 가게를 살려줄 거예요."

아버지는 실망한 얼굴로 고개를 저었다.

"아서라. 이미 이 동네는 용용닭발이 꽉 잡고 있다. 거기 이기지 못하면 닭발 장사 해봤자 가망 없어. 몇 년 전까지만 해도 수두룩하던 닭발집들이 용용닭발 들어오고 나서 우루루 문 닫아버렸잖냐."

그렇게 비관적인 말들을 내뱉던 아버지가 아차! 하며 상덕이 어머니의 안색을 살폈다.

"혹시 이 닭발……."

상덕이 어머니가 고개를 저었다.

"아니요~ 그거 지웅이가 만든 거예요. 저는 그냥 조금 거들기만 했구요."

"네? 지웅이가요?"

아버지는 경악에 가까운 얼굴을 하고서 날 바라봤다.

그리고 닭발을 슬쩍 바라보더니 멀찍이 떨어져 코를 막았다.

…뭡니까, 그 반응은?

제가 만든 요리를 무슨 화학무기 취급하시네요.

"라면도 제대로 못 끓이는 놈이 만들어 온 닭발이라니. 말 다했다."

"일단 드셔보시고 말씀하시죠?"

내 근거 없는 자신감에 아버지가 고개를 갸웃거렸다.

*　　*　　*

"이, 이거 뭐냐, 대체!"

무뼈 국물 닭발을 먹은 아버지의 첫마디였다.

아버지는 내가 뭐라 대답을 하기도 전에 바쁘게 젓가락을 놀렸다.

그리고 순식간에 1인분을 전부 비워 버렸다.

국물도 마시려는 아버지를 말리고서 볶음밥을 만들어 드

렸다.

아버지는 그것마저도 모두 드시고 나서야 놀란 얼굴로 다시 물었다.

"대체 이걸 어떻게 만든 거냐?"

"맛있죠?"

"맛있는 정도가 아니야! 용용닭발보다 훨씬 낫구나!"

"그거 만들려고 저랑 아줌마랑 고생 좀 했어요."

아주머니가 팔짱을 끼고서 열심히 고개를 끄덕였다.

아버지는 맛의 여운이 오래가는지 한참 동안 말을 못 잇다가 겨우 입을 열었다.

"정리 좀 해보자. 아무튼 이걸 너랑 상덕이 어머님이 만들었다 이거지?"

"네."

"그럼 이건 완전히 우리가 개발한 거네?"

완전히라고 하긴 조금 그렇다.

기본 베이스는 용용닭발의 레시피에서 벤치마킹한 것이기 때문이다.

하지만 이미 내가 만든 국물 닭발은 들어가는 재료 두 가지가 교체되고 기존의 비율 배합도 바뀌면서 완전히 그 맛이 달라졌다.

때문에 누구도 용용닭발의 맛을 가져와 바꿨다고는 생각

못할 것이다.

그렇다면 약간의 거짓말은 해도 되겠지.

"그럼요, 아버지. 우리가 개발한 거예요. 우리 가게 거라구요."

"그리고 이 닭발 레시피를 상덕이 어머님이 알고 계시니까 주방에 들어오시면 충분히 만들 수 있을 테고요?"

"얼마든지요."

상덕이 어머니가 가슴을 쭉 내밀었다.

"좋습니다. 상덕이 어머니께서 주방일 해주시는 거, 대환영입니다! 그리고 이 닭발을 우리 집 메인 메뉴로 내거는 것도 좋습니다! 그런데… 가장 큰 문제가 남아 있습니다."

"그게 뭔데요."

"하아, 돈이죠, 뭐."

역시나 그 말이 나올 줄 알았다.

상덕이 어머니는 품에서 삼백구십여만 원이 든 돈 봉투를 내밀어 테이블 위에다 탁! 올려놓았다.

식당에 들어서기 전 내가 미리 상덕이 어머니에게 준 돈이다.

아버지 식당 앞에서 나와 상덕이 어머니는 작은 작당을 했었다.

"아주머니. 이 돈, 제가 할아버지 유품 팔아서 마련한 거라는 건 아시죠?"

"알다마다."

"그러니까 돈의 출처는 비밀로 해야 되고, 그러다 보니 아버지한테 이 돈을 제가 건네 드리기 힘들어요."

"그래서 내가 대신 건네달라 이거지?"

"네. 사실 다른 방편이 없어요. 고3인 제가 할아버지 유품을 팔지 않는 이상, 이 돈을 어디서 구했다고 하며 드리겠어요."

"알았어, 걱정 마. 이 아줌마가 알아서 잘 해결할 테니까."

"그래주시겠어요?"

"이래 봬도 고등학교 다닐 땐 촉망받는 연극배우였단다? 물론 동아리 내에서만 인정받았지만."

"진짜? 엄마가? 그때나 지금이나 못생겨도 연기 잘하면 다 배우했었구나."

퍽!

"끄엑!"

그러한 연유로 지금 테이블 위에 놓인 돈 봉투의 주인은 내가 아니라 상덕이 어머니가 되었다.

"이게… 뭡니까?"

아버지가 상덕이 어머니에게 물었다.

"열어보세요."

조심스레 봉투를 열어본 아버지가 안을 확인하고 헛숨부터 들이켰다.

"헙!"

"보셨어요?"

"이거, 돈… 아닙니까?"

"네. 정확히 삼백구십만 원이에요."

"근데 이 많은 돈은 왜……?"

"투자금이에요."

"투, 투자금이라니요?"

"메인 메뉴 닭발로 바꾸려면 이것저것 새로 사야 하는 것이 많을 거예요. 가게 내부도 닭발집처럼 살짝 손봐서 리모델링하고, 간판도 바꿔야겠죠? 거기에 필요한 돈, 이걸로 해결하세요."

"하, 하지만……."

"지웅이 아버지! 아니, 사장님! 분명히 말씀드렸지만, 이건 투자금이에요! 나중에 다 돌려받을 테니까 그렇게 아시라구요."

아버지가 고개를 푹 숙이더니 할 말을 잃고 돈 봉투만 만지작거렸다.

그러다 겨우 이 상황을 수긍했다.

"알겠습니다. 투자금 고맙게 받겠습니다."

저 말을 하기까지 스스로의 자존심과 얼마나 많은 싸움을 해야 했을까.

그 마음이 상덕이 어머니에게도 전해진 모양이다.

상덕이 어머니는 눈시울이 붉어져서 코를 살짝 훔쳤다.

"에이그~ 눈에 뭐가 들어갔나. 큼! 흠! 아무튼 오늘은 그만 들어가 볼게요. 내일부터 나와서 가게 청소도 하고, 리모델링도 도와주고 할 테니까 사장님은 어떻게 내부를 바꾸면 좋을지 고민 좀 해주세요."

"네네, 그렇게 할게요."

"상덕아, 가자."

"아저씨, 안녕히 계세요."

상덕이네 가족이 가게를 나서려했다.

"상덕이 어머니."

그런데 아버지가 상덕이 어머니를 불렀다.

상덕이 어머니가 뒤돌아서자 아버지가 깊이 허리를 숙였다.

"정말… 정말 감사합니다."

상덕이 어머니는 눈물이 그렁그렁한 눈으로 날 바라보며 빙그레 미소 지었다.

저도 감사드려요, 아주머니.

*　　*　　*

가게 리모델링은 빠르게 진행되었다.

국물 닭발을 메인 메뉴로 내걸기로 하고 공사를 시작한 지 6일이 지났다.

아버지가 가장 먼저 바꾼 것은 가게 내부가 아니라 간판이었다.

간판부터 바뀌어야 지나다니는 사람들이 일반음식점이 닭발집으로 바뀐다는 걸 빠르게 인식하기 때문이다.

그 때문에 식당 이름을 어떻게 지을지에 대해 많은 의견들이 오갔다.

나와 아버지, 상덕이 어머니는 열심히 떠오르는 제목들을 내뱉었다.

전설의 닭발, 닭발의 신, 명인 닭발, 원조 닭발, 매운불 닭발, 국물 닭발 등등 여러 가지 의견이 쏟아졌다.

하지만 이렇다 할 특징이 보이지 않아 애매하던 차에, 회의엔 전혀 관심도 두지 않고 스마트폰으로 예능프로만 시청하던 상덕이가 대폭소하며 한마디를 던졌다.

"푸하하하하하! 꿀처럼 단 귤을 한 글자로 줄이면 꿀! 닭발 옆차기 하는 소리하고 있네! 크크크크!"

순간 우리 세 사람은 일제히 상덕이를 바라보았고, 상덕이는 화들짝 놀라 스마트폰을 껐다.

다음 날, 우리 가게엔 닭발 옆차기라는 간판이 걸리게 되었다.

이후, 금요일까지 공사가 진행되는 동안 나는 열심히 선행을 쌓는 것만큼이나 가게 일을 많이 도왔다.

내부 디자인은 이전과 완벽하게 달라졌다.

메뉴판도 새로 만들었고, 가게의 식기들도 매장 분위기에 맞게 바꿨다.

그리고 다시 찾아온 토요일.

드디어 가게가 오픈하는 날이다.

아버지와 상덕이 어머니, 상덕이, 그리고 난 오전부터 가게에 나와 분주했다.

닦은 바닥을 몇 번이나 다시 닦고, 테이블 위를 계속해서 행주로 훔쳤다.

혹여라도 어디 불청결해 보이는 곳이 없는지 계속해서 확인했다.

사실 오늘은 어머니도 너무 오고 싶어 했었다.

그러나 안정을 취해야 하기에 오려는 어머니를 아버지가 만류했다.

어머니는 정말 몸이 전보다 훨씬 나아졌으니, 가도 될 것 같다 고집을 부렸다.

하나, 완강한 아버지 때문에 결국 집에 계시기로 했다.

나는 그런 어머니의 모습이 본인의 착각이 아니길 기도했다.

내가 어머니에게 넘겨준 라모나의 능력이길 바랐다.

어찌 되었든 어머니는 지금 상태가 나빠지는 것 같지는 않았다.

일단 그것만으로도 다행이라고 생각하는 중이다.

이제 곧 가게를 오픈할 시간이다.

내 시선이 가게의 벽 한켠에 자리한 메뉴판으로 향했다.

메인 메뉴는 오일 닭발과 무뼈 오일 닭발 두 가지였다.

오일 닭발의 뜻은 양념 숙성 기간이 오 일이기 때문에 오일이라고 붙인 것이다.

하지만 모르는 사람들은 무슨 오일이 들어가는 줄 알겠지.

그렇게 닭발 이름만으로 그 뜻을 재미있게 유추하는 것도 즐거움의 하나가 아닐까 싶다.

메인 메뉴 밑으로 오일 오돌뼈, 오일 닭똥집, 계란찜, 주먹밥, 누룽지탕의 부메뉴들이 적혀 있었다.

다시 그 밑으로는 국물에 볶아 먹을 수 있는 사이드 메뉴인 볶음밥과 치즈밥이 보였다.

그 외엔 다 음료수, 주류 같은 것들이었다.

메뉴판은 디자인이 참 예쁘게 나왔다.

사실 저 디자인을 해준 건 다름 아닌 상덕이다.

굼벵이도 구르는 재주가 있다더니 녀석이 디자인에 일가견이 있었다.

그리고 디자인 프로그램도 썩 잘 다뤘다.

아무 생각 없이 사는 놈인 줄 알았는데, 그쪽으로 잘만 굴리면 밥벌이는 하면서 살 것 같다.

"자, 이제 오픈입니다!"

아버지가 크게 외친 후, 잠가놓았던 가게 문을 열었다.

천천히 열리는 문 너머로 겨울의 찬바람과 함께 환한 빛이 스며들어 왔다.

그것이 내게는 마치 희망의 한 조각처럼 보였다.

드디어 우리 가족의 앞날을 바꿀 닭발 옆차기가 오픈했다.

Chapter 6
팽팽한 줄다리기

가게를 오픈한 건 오전 10시.

이제 곧 점심때가 되니 손님들이 들어올 거란 기대를 가지고서 매장을 지켰다.

한 시간이 흘러 11시가 되었다.

아직까지 손님은 단 한 명도 오지 않았다.

그럴 수 있다.

보통은 12시쯤이 되어야 허기를 느끼고 음식점을 찾아 들어가니까.

하지만 12시가 되어서도 우리 가게엔 손님이 전혀 걸음을 하지 않았다.

"하아, 망했다."

상덕이가 괜한 얘기를 했다가.

퍽!

"꾸엑!"

상덕이 어머니의 로우킥에 허벅지를 얻어맞았다.

그나저나 큰일이다.

이렇게 손님이 없어서는 아무리 맛있는 음식을 개발했다 하더라도 무용지물이다.

고민을 하고 있는데, 밖에서 고양이 소리가 들렸다.

야옹~!

"오라는 손님은 안 오고 애꿎은 고양이만 우는구나."

아버지가 한숨을 푹 내쉬었다.

그때 다시 고양이가 울었다.

야오오오옹!

뭔가 잔뜩 짜증이 난 듯한 음성이었다.

그제야 난 그게 카시아스라는 걸 알고서 밖으로 나갔다.

예상대로 검은 고양이가 성난 얼굴을 하고서 날 노려보고 있었다.

[한 번에 못 나오냐?]

카시아스는 텔레파시로 말을 걸었다.

이거 진짜 웃기는 놈일세?

[이럴 거면 처음부터 텔레파시로 말을 걸지 왜 고양이 코스프레를 하고 그래?]

[내가 고양이 울음으로 부르든, 텔레파시로 부르든 은인의 음성은 대번에 알아듣고 튀어나와야지.]

[…그래, 뭐, 내 인생의 은인인 건 맞는데, 그렇다고 너무 무리한 걸 부탁하지 마. 고양이 울음소리가 다 거기서 거기지.]

[그건 그렇고, 파리만 날리는군.]

[나도 속 터지겠다. 입이 바싹바싹 말라.]

[잘됐네.]

이게 지금 뭐라는 거야?

불난 집에 부채질 제대로 하는 거지?

[남은 장사 안 돼서 죽겠는데 그런 말이 나오냐?]

[호객 행위를 해라.]

[뭐?]

[그래서 손님을 끌어모아. 지금 너희 가게 안엔 세 사람이 손님을 간절히 바라고 있잖아. 그럼 손님을 한 명 데리고 갈 때마다 네게 고마워하겠지. 손님 하나당 3링크가 올라가는 셈이야.]

[아… 그러네?]

[아니, 이건 계산이 좀 잘못됐군. 손님 한 그룹당 3링크가

올라가겠어.]

카시아스는 자신의 말을 정정했다.

잠깐 생각해 보니 그 말이 맞았다.

손님을 한 명 끌고 들어가든, 두세 명으로 이루어진 그룹 하나를 끌고 들어가든 아무튼 한 테이블을 차지하고 앉는다.

만약 내가 세 명의 손님을 호객 행위로 데리고 들어와 한 테이블에 앉혔다고 치자.

그러면 아버지는 한 사람 한 사람을 따로 놓고 고마워하는 게 아니라, 세 사람을 하나로 묶어서 고마워한다.

그럼 내게 적립되는 링크는 1이다.

하지만 상덕이 어머니와 상덕이도 고마워할 테니 2가 추가되어 3이 될 테지.

물론 이게 호객 행위를 할 때마다 링크를 얻게 될 거라곤 장담할 수 없다.

지속적으로 손님을 끌고 오다 보면, 나중에는 심드렁해질 게 뻔하니 말이다.

"마인드 탭."

> 이름 : 유지웅
>
> 소속 : 지구, 대한민국
>
> 성별 : 남

나이 : 19

영력 : 7/7

영매 : 6

아티팩트 소켓 1/1

보유 링크 : 48

호객 행위를 하기에 앞서 마인드 탭을 열어보았다.

일주일 동안 열심히 선행을 해서 얻은 링크가 48이다.

48로는 현재 할 수 있는 게 아무것도 없다.

영력을 8로 업그레이드시키려면 50링크가 필요하다.

아티팩트 소켓을 하나 더 늘리는 것도 50링크를 소모해야 한다.

지금 살 수 있는 가장 싼 영혼은 150링크다.

"죽어라 선행을 하는 게 답이긴 하다."

그러려면 어찌 되었든 손님을 끌고 와야 한다.

'한데… 호객 행위를 어떻게 해야 하는 거야?'

난 이런 일을 해본 적이 없다.

길거리에 겨울옷을 입은 사람들은 많이도 지나다닌다.

연인도 보이고 가족도 보이고 친구들끼리 모인 그룹도 보인다.

그런데 그들에게 우리 가게를 어떻게 어필해야 하는 걸까?

이도저도 못한 채 가만히 서 있으니 카시아스가 내 어깨 위로 폴짝 뛰어올라 귀에 대고 말했다.

“정 할 게 없다면 바지라도 벗어라.”

“할 소리냐, 그게? 풍기문란으로 잡혀간다.”

“전에 어떤 남자가 술 취해서 대낮에 바지를 벗고 대로변을 거닐었지. 당연히 경찰이 와서 잡아갔는데 죄목이 풍기문란은 아니었다.”

“그럼 뭐였는데?”

“공연법 위반.”

“풋!”

이번 건 좀 웃겼다.

아니, 근데 지금 이런 이야기가 왜 나와?

“그래, 웃겼다. 이제 네가 해준 농담을 아무나 붙잡고 해주면, 우리 가게로 들어오는 거지?”

“비꼬는 실력이 많이 늘었군.”

“그것도 고마워. 너한테 배운 거거든. 그런데 점심시간이 다 끝날 때쯤엔 호객 행위 하는 법에 대해서 알려줄 거야?”

“인맥을 적절히 이용할 줄 아는 것도 삶에 큰 도움이 되지.”

“인맥?”

"네 주변 사람들은 너와 똑같지 않아. 네가 잘하는 걸 못하는가 하면, 네가 못하는 걸 잘하기도 하지."

"그러니까 내 주변 사람한테 호객 행위를 부탁하란 말이야?"

"어려운가? 대가를 주면 될 텐데."

"하지만 그런 일을 시킬 만한 사람이……."

"있잖아. 일주일 동안 줄기차게 연락하는 여자."

카시아스의 말이 끝나자마자 스마트폰이 진동했다.

발신자는 인비였다.

카시아스가 액정을 보면서 씩 웃었다.

"양반은 못 되는군."

"인비……?"

카시아스는 고개를 끄덕였다.

"기가 막히게 잘할 거다."

"어떻게 장담해?

"보면 모르나?"

하긴… 인비는 철면피를 쓴 것마냥 엄청나게 잘 들이댄다. 그리고 쿨하다. 한데 얼굴은 또 예쁘다. 몸매도 썩 나쁘지 않다. 아니, 솔직히 대단히 좋은 편이다.

그녀는 나와 금은방에서 만났다 헤어진 이후로 하루에 몇 번씩 연락을 한다.

문자로, 전화로.

그중 80퍼센트는 나에게 씹히지만, 그래도 화를 내거나 투정 부리는 법이 없다.

씹히면 씹히는 대로 받으면 받는 대로.

그게 그녀의 스타일이다.

나는 계속해서 몸살을 앓는 스마트폰의 통화 버튼을 슬라이드했다.

"여보세요."

—헬로~ 지웅!

"무슨 일이야?"

—내가 언제는 일 있어서 전화했니? 목소리 듣고 싶어서 전화했지. 어디야?

"나 애막골."

—애막골? 거기 왜?

"오늘 우리 아버지 가게 오픈 날이거든."

—정말? 그럼 날 불렀어야지! 무슨 가겐데?

"닭발집."

—나 닭발 완전 좋아해~! 상호 뭐야?

"닭발 옆차기. 도로 쪽 큰 교회 뒤편에 있어."

—오케이! 택시~! 나 5분 내로 도착하니까 기다려~!

인비와의 통화가 끝났다.

뭔가 엄청 급하게 돌아가는 느낌이네.

* * *

인비는 정말 5분 만에 우리 식당을 찾아왔다.

날 보자마자 건넨 그녀의 첫마디는.

"와~ 고양이 귀엽다~"

였다.

인비는 카시아스의 머리를 쓰다듬었다.

하지만 카시아스는 엄청난 거부감을 드러내며 인비의 손을 탁 쳤다.

"엄청 쌀쌀맞네. 키우는 거야?"

"키운다기보다는 그냥 길고양인데, 어쩌다 조금 친해진……."

"손님 들어갑니다~!"

…물어봐 놓고 왜 대답은 듣지 않는 건데?

인비는 마치 춤을 추는 듯한 스텝을 밟으며 식당 안으로 들어갔다.

나도 그녀의 뒤를 따라갔다.

"어서 오세요~!"

아버지가 인비에게 깍듯이 인사했다. 그러자 인비가 아버지에게 손을 흔들었다.

"안녕하세요, 아버님~!"

"아버님?"

"아, 아버지.. 이쪽은 박인비라고 얼마 전에 알게 된 친구예요."

"친구?"

"네~ 어떤 미친 인간한테 강간당할 뻔한 걸 지웅이가 구해줬어요."

"……!"

아버지가 놀라서 입을 쩍 벌렸다.

놀라긴 나도 마찬가지다.

"강간은 무슨 강간! 있는 얘기만 해!"

"왜? 그때 네가 안 도와줬으면 그랬을 수도 있지. 강간만 당해? 살인이 날지도 모르는 거야. 그 새끼 칼 갖고 다녔었잖아."

거침없는 인비의 돌발 발언에 아버지는 당황스러워하시며 헛기침만 연발했다.

그때 구세주가 나타났다.

"어? 그때 그 누나! 맞죠?"

상덕이였다.

"아~ 상덕이!"

"누나! 나, 누나 만나면 하고 싶은 얘기가 있었어요. 저랑 사귀어주……."

"싫어."

"……."

인비는 싱글벙글 웃는 얼굴로 상덕이의 얘기를 다 듣지도 않고 거절했다.

"인비 학생, 오래간만이에요~"

상덕이 어머니가 주방에서 나오며 인사했다.

"안녕하세요, 아주머니~ 여기서 일하세요?"

"어쩌다 보니 그렇게 됐어~"

아이고, 어수선해.

난 일단 인비를 테이블에 앉히고서 상덕이 어머니께 오일 닭발 1인분을 부탁했다.

곧 잘 요리된 오일 닭발이 나왔다.

"와~ 맛있겠다! 잘 먹겠습니다!"

인비는 진심으로 즐거워하며 닭발을 먹기 시작했다.

그토록 수다스럽던 그녀가 신기하게도 닭발을 먹을 땐 말을 한마디도 하지 않았다.

며칠 굶은 사람마냥 허겁지겁 닭발을 먹어치운 인비는 국물만 남긴 다음에야 비로소 말을 했다.

"겁나 맛있어……."

"그래?"

"이렇게 맛있는 닭발은 태어나서 처음이야. 그런데 왜 사람이 없어?"

인비가 주변을 둘러보며 물었다.

"그야 첫날이니까."

"이거 한 번 먹으면 누구든지 바로 단골 될걸? 그럼 이렇게 하자. 어차피 나 오늘 돈 한 푼도 안 가져왔거든. 가게 장사 잘되면 공짜로 얻어먹으려고. 그런데 이렇게 파리만 날려서야 공짜로 먹기 눈치 보이잖아."

어? 어째 내가 부탁하려던 걸 알아서 해주려는 듯한 분위긴데?

"이렇게 하자. 내가 호객해 줄 테니까 방금 먹은 건 공짜로 해주기. 어때?"

안 그래도 그렇게 하려 그러던 참이었다.

인비가 먼저 저리 나와주니 고마울 따름이다.

거절할 이유가 전혀 없다.

"그렇게 해주면 나야 좋지."

"대신, 손님 많이 끌고 오면 저녁때도 공짜 밥 주기."

난 아버지를 바라보았다.

아버지가 흔쾌히 고개를 끄덕였다.

*　　*　　*

인비를 고용한 결과는 초대박이었다.

그녀가 호객 행위를 한 지 삼십 분도 지나지 않았는데, 가게의 모든 테이블이 가득 찼다.

그걸로도 모자라 손님들이 줄을 서서 기다리는 현상까지 벌어졌다.

덩달아 내 링크 포인트도 올라갔다.

아버지와 상덕이 어머니는 내가 인비를 데리고 옴으로써 손님이 들어오게 되었다고 생각한 모양이다.

인비의 호객 행위로 들어온 처음 다섯 팀까지는 카운팅이 되었다.

그런데 적립된 링크는 10이었다.

계산대로라면 15가 적립되어야 했다.

한데 10만 적립된 이유는 간단했다.

아버지와 상덕이 어머니는 손님이 오길 간절히 바랐지만, 상덕이는 애초부터 별로 관심이 없었다.

테이블이 만석이 되고 나서 40분 정도가 지나자 슬슬 회전이 되기 시작했다.

식사를 다 한 팀이 빠지고 기다리던 팀이 들어와 자리에 앉는 광경이 한참 동안 반복되었다.

닭발을 맛본 이들은 모두 만족스러운 반응을 보였다.

난 파펠의 청력을 가지고 있어서 매장 안에 있는 모든 손님의 소리를 들을 수 있었다.

아직까지 어느 누구도 비난 섞인 말을 하지 않았다.

그야말로 칭찬 일색이었다.

태어나서 이런 닭발은 처음 먹어봤다. 용용닭발 위험하겠다. 저녁에 친구들 모임 장소 바꿔야겠다. 닭발의 신이 여기 있었다. 대체 어떻게 만든 걸까? 등등, 숱한 칭찬들이 내 입을 귀에 걸리도록 만들어주었다.

닭발을 맛보기 위해 손님들이 줄을 늘어선 이후부터 인비는 호객 행위를 하지 않았다.

식당 앞에 늘어선 손님의 줄은 아무것도 하지 않아도 절로 식당을 홍보시켜 준다.

북적거리던 매장은 오후 네 시가 되어서야 겨우 한가해졌다.

하지만 완전히 손님이 끊어진 건 아니었다.

한 테이블, 두 테이블씩 계속해서 손님이 들어왔다.

그리고 저녁이 되었을 때, 다시 대박 행렬이 이어졌다.

매장의 홀이 가득 찼고 손님들은 또 식당 앞에 줄을 섰다.

닭발은 불난 듯 팔려 나갔고, 그와 함께 주류들도 소모되었다.

우리가 예상했던 것보다 손님이 더 많이 몰려드는 바람에 결국 여덟 시 이후로는 손님을 받지 못했다.

줄을 서며 기다리고 있던 손님들은 아쉬워하거나 짜증을 내며 돌아갔다.

하지만 나는 알고 있다.

짜증을 냈다 하더라도 분명히 다음번에 다시 올 거라는 걸.

맛집을 들르려다 이런 식으로 돌아가게 되면 '얼마나 맛있길래 그러는지 보자' 라는 심리가 생기게 마련이다.

이건 어느 토크 프로그램에서 상당히 성공한 요리사가 했던 말이다.

그리고 그 요리사는 이런 조언도 했었다.

손님들이 식당의 음식에만 집중할 수 있도록 텔레비전을 없애라.

그래서 난 텔레비전을 없애 버렸다.

확실히 손님들은 같이 온 상대와 음식에 대한 이야기를 많이 나누었다.

여덟 시까지 받았던 손님들이 모두 돌아가고 폐점을 하니 오후 열 시였다.

오늘 준비한 닭발은 싹 다 팔았다.

상덕이 어머니는 손님이 얼마나 올지 몰라서 100인분 정도의 음식을 준비해 두었었다.

"내일부터는 200인분은 준비해야겠네요."

가게 뒷정리를 하며 상덕이 어머니가 말했다.

"지웅이네 식당이라서가 아니라 여기 닭발 진심 맛있어요!"

카운터 위에 올라앉아 스마트폰으로 웹툰을 보던 인비가 말했다.

아버지는 두 사람의 말에 함박웃음을 지었다.

"근데, 너 안 가?"

내가 인비에게 물었다.

"가야 돼?"

인비가 되물었다.

그러자 아버지가 끼어들었다.

"안 가도 된다. 있고 싶을 때까지 있어라. 돈 드는 것도 아닌데. 배는 안 고프니?"

"고파요."

"저런~ 그런데 닭발이 다 떨어졌으니 다른 거라도 사 먹어야겠네. 옛다."

아버지가 오만 원짜리 한 장을 꺼내 인비에게 주었다.

인비는 그것을 보자마자 단 한 번 거절 없이 냉다 가져갔다.

"와~ 오만 원씩이나?"

“인비 덕분에 오늘 대박 났는데 그 정도는 해줘야지.”

“고마워요~ 오빠! 아니, 지웅이 아버지~!”

“오빠? 오빠도 나쁘지 않구나. 하하하하!”

“호호호호!”

…둘이 아주 쿵짝이 잘 맞는다.

처음에 아버지는 인비를 조금 꺼려했었다.

그런데 그녀가 호객 행위를 제대로 하고 나서는 무슨 소중한 귀빈 대하듯 하고 있었다.

오만 원을 받고 뿌듯해하는 인비에게 상덕이가 조심조심 다가왔다.

“저기… 인비 씨.”

“응?”

“내일 혹시 시간 있…….”

“없어.”

“그럼 다음 주 금요일은……?”

“없어.”

“다음 주 토요일은요? 영화 보러 갈래요?”

“성당 가야 돼.”

“일요일은요?”

“교회 가야 돼.”

“…성당은 천주교고, 교회는 기독교잖아요?”

"둘 다 믿어. 난 불교도 믿어."
"그럼 오늘 저녁에 밥 먹을래요?"
"배 안 고파."
"조금 전에 배고프다고……."
"돈 받았더니 배불러졌어."
"아……."
참 저 둘도 대단하다.
한 명은 어마어마한 철벽녀, 한 명은 여자가 철벽 치는 줄도 모르고 눈치 없이 들러붙는 모태 솔로남.
상덕이가 이제 그만 좀 했으면 좋겠는데, 녀석은 결국 도를 지나쳐 버렸다.
"그런데 인비 씨, 전부터 어디서 본 것 같았어요."
"어디서?"
"그 왜… 후평동에 영화관 있잖아요."
"아, 거기?"
"네. 우리 거기서 분명히 스치듯 봤었어요! 이거 운명 아니에요?"
"그래서 다음부터 그 영화관 안 가."
"아……."
완전히 망했네.
물 건너갔으니 그만 눈독 들여라, 상덕아~

*　　*　　*

집으로 돌아와 아버지와 함께 오늘 하루 매출을 계산해 보니 총 128만 3천 원이었다.

"많이 벌었네?"

아버지와 내 곁에서 돈 계산 하는 걸 본 엄마가 말했다.

"근데 이게 순수익이 아니라서."

"그런 거야?"

"응. 재료비랑 갖가지 가게 세금, 인건비 등을 제하고 나면……."

아버지는 말을 하며 계산기를 타타탁 두들겼다.

그러자 나온 금액은 41만 3천 원이었다.

"40만 원 정도네. 128만 원 벌어서 고작 이거 남는 거야? 가만있어 보자… 하루에 40이면 한 달이면 얼마냐. 한 달을 삼십 일로, 일주일에 하루는 쉰다는 가정하에 26을 곱하면……."

입으로 읊조리는 대로 계산기를 두들기면서 결과 값을 뽑아낸 아버지는 그대로 굳어버렸다.

아버지의 곁에서 계산기를 바라보던 나와 엄마도 굳었다.

계산기에 적힌 액수는 무려.

"처, 처, 처, 천만 원?!"

천만 원 정도였다.

그것도 순수익이 천만 원인 것이다!

"세상에, 천만 원이라니……."

엄마가 놀라서 입을 가렸다.

우리 가족이 한 달에 천만 원씩이나 벌 일은 딱히 없었다.

그런데 이제는 그게 가능하게 되었다.

물론 앞으로도 대박 행렬을 이어가야 한다는 전제가 붙지만 난 자신 있었다.

아버지가 엄마의 손을 꼭 잡았다.

"오늘처럼 계속해서 좋은 매상을 올릴 수 없을지도 모르지만, 적어도 있는 빚 다 갚고 돈을 모으면서 살 수는 있을 거야."

"여보……."

아버지가 내 머리를 쓰다듬었다.

"이게 다 우리 아들 덕분이야. 오일 닭발 만들어낸 게 이 녀석이잖아."

"장해, 정말. 우리 아들."

엄마도 내 머리를 쓰다듬었다.

두 분이 양쪽에서 머리를 쓰다듬으니 가르마가 오 대 오로

타진다.

“그런데 언제부터 요리에 취미가 있었니?”

사실 요리엔 전혀 취미가 없었다.

지금도 딱히 취미를 갖고 있는 건 아니다.

리조네와 마르펭의 힘을 얻어 요리를 잘하게 된 것일 뿐이다.

그러다 보니 딱히 할 말이 없어 난 말을 돌렸다.

“그보다 엄마, 몸은 좀 어때?”

엄마가 포근한 미소를 머금었다.

“전보다 훨씬 나아.”

“정말?”

“그럼~ 이러다 다 나아버리면 어떡하지?”

“어떡하긴 뭘 어떡해? 그렇게 되면 좋은 거지!”

“그래. 정말 그랬으면 좋겠다.”

엄마는 요새 병이 더 악화되지도, 그렇다고 대단히 호전되지도 않는 상태인 것 같았다.

라모나의 힘을 주었으니 금방 좋아질 거란 기대는 너무 과한 모양이다.

라모나의 힘으로는 병이 악화되지 않도록 만드는 게 고작이었나 보다.

‘무슨 수를 내야 돼.’

언제까지 엄마가 병마와 쾌유 사이에서 줄다리기를 하게 놓아둘 수는 없는 일이었다.

어떡하든 엄마의 병은 내가 치료해 줄 것이다.

반드시.

Chapter 7
맛집 데이트

가게를 차리고 보름이라는 시간이 흘렀다.

오늘은 화요일이다.

수능은 이제 닷새 앞으로 다가왔다.

대부분의 학생은 수능 준비에 여념이 없었다.

하지만 내게 수능은 큰 의미가 없었다.

애초부터 학교 공부는 뒷전이었다.

어차피 망한 수능 괜히 책상 앞에 앉아 들어오지도 않는 책 들여다보며 시간을 버리긴 싫었다.

그래서 오늘도 늘 그렇듯 편의점 알바를 했고, 알바가 끝나자마자 아버지 식당으로 향했다.

'닭발 옆차기'

식당의 상호가 오늘도 내 가슴을 뿌듯하게 만든다.

식당 앞에는 닭발을 맛보기 위해 찾아왔다가 내부가 꽉 차 대기하는 팀이 셋이나 있었다.

식당 안으로 들어서니 술손님들로 시끌벅적한 게 정신이 하나도 없었다.

상덕이 어머니는 주방에서 분주하게 음식을 만들고 계셨다.

이틀 전까지는 혼자서 하셨는데, 도저히 손님을 제대로 받을 수가 없어 보조 아줌마 한 명을 구했다.

그리고 홀에도 아르바이트생이 생겼다.

처음에는 상덕이가 학교를 파하고 찾아와서 서빙을 도왔었다.

한데 상덕이 이 자식은 서빙을 제대로 하는 것보다 실수로 떨어뜨리고 엎어버리는 게 더 많았다.

그래서 알바를 구했다.

아버지는 서빙 알바 두 명과 함께 열심히 음식과 술을 날랐다.

물론 카운터에서 계산을 하는 것도 아버지 몫이다.

내가 가게 안으로 들어서자 문에 걸어놓은 종이 크게 울렸다.

딸랑~!

아버지가 반사적으로 입구를 돌아봤다.

그리고 들어선 사람이 나라는 걸 확인하자마자 반갑게 소리쳤다.

"서빙해라!"

"넵!"

어느 안전이라고 거절하겠는가?

난 앞치마를 두르고 아버지 대신 홀의 이곳저곳을 뛰어다녔다.

*　　　*　　　*

식당은 새벽 세 시가 되어서야 문을 닫았다.

아르바이트생들과 상덕이 어머니를 들여보내고 아버지와 둘이서 뒷정리를 마쳤다.

모든 일을 끝내고 식당 문을 잠그니 새벽 네 시였다.

집으로 걸어가는 길.

카시아스는 어느새 날 따라와 어깨 위에 올라섰다.

아버지는 그런 카시아스의 모습을 종종 봤다.

처음에는 웬 고양이냐며 신기해하셨는데, 이제는 그냥 그러려니 한다.

"오늘은 얼마나 버셨어요?"

"집에 가서 계산해 봐야겠지만 그래도 이백 정도는 될걸?"

"그럼 순이익이 70정도 떨어지겠네요."

"용돈 올려달라고 하지 마라."

"안 그럽니다!"

아버지가 씨익 웃었다.

그 바람에 나도 피식 웃고 말았다.

아버지는 요즘 농담도 곧잘 하신다.

우리 집이 한참 힘들 때는 마음에 여유가 없어 작은 농담도 하지 않았었다.

원래 유쾌하고 장난끼 많고 유머러스한 분이었고, 그 모습을 아는 난 아버지의 힘없는 모습이 대단히 가슴 아팠다.

하지만 요즘 아버지는 예전의 모습을 점점 되찾고 있다.

바쁘게 돌아가는 식당일에 몸은 힘들지만 마음이 편안하니 살맛이 나는 모양이었다.

"설마 이렇게까지 식당이 잘될 거라고는 생각도 못 했는데. 계속 이렇게만 되어주면 소원이 없겠다!"

그렇게 될 겁니다, 아버지.

더더욱 잘되게, 모든 일이 잘 풀리게.

제가 그렇게 만들어 드릴게요.

*　　　*　　　*

일요일 아침이 밝았다.

어제도 난 아버지 식당일을 도와드렸다.

집에 들어오니 새벽 다섯 시였고, 늦게 잠이 든 만큼 점심 때까지는 뻗어 있을 줄 알았다.

그런데 부엌에서 흘러 들어오는 구수한 냄새와 통통통통, 도마 위에서 칼이 춤추는 소리에 눈을 떴다.

거실로 나가보니 한 상 가득 아침이 차려져 있었다.

누나는 벌써 나와 상 한켠에 자리를 잡고서 아침 드라마를 보는 중이었다.

"어머, 어머. 개막장이다, 진짜~! 어떻게 지가 사랑했던 사람의 동생이랑 눈이 맞을 수가 있어?"

난 그런 누나의 옆에 앉아서 나지막이 말했다.

"누나 지금 대단히 대단하게 아줌마 같아."

누가가 주먹을 말아 쥐었다.

"상당히 상당하게 얻어맞고 싶지?"

"정중히 정중하게 사과할게."

"얌전히 얌전하게 입 다물어라."

"응."

그나저나 요새 엄마가 해주는 아침밥을 도통 먹어본 적이 없었다.

몸이 안 좋으니 일찍 일어나 행동하기가 불편한 탓이다.

'전보다 좀 좋아지신 건가?'

"야, 밥 좀 퍼."

누나가 발가락으로 내 옆구리를 쿡 찔렀다.

"알았어."

주방으로 가서 밥 그릇 세 개를 꺼냈다.

마침 엄마는 다 끓인 된장찌개를 들고 상 위에 놓는 중이었다.

"엄마, 오늘은 컨디션 좋아 보이네?"

"아침에 눈이 번쩍 떠지지 뭐야? 일찍 일어난 김에 실력발휘 한번 해봤지~"

엄마가 방긋 웃으며 브이(V)자를 그렸다.

엄마의 밝은 모습을 보니 기분이 정말 좋았다.

아버지는 아직 꿈나라를 헤매는 중인지라 아침 식사는 셋만 하게 되었다.

엄마가 밥을 먹으면서 누나에게 넌지시 물었다.

"그런데 지나야. 넌 다시 미대 들어갈 생각 없니?"

누나는 여전히 시선을 텔레비전에 고정한 채 시큰둥하게

대답했다.

"미대는 무슨 미대. 옛적에 포기했어."

"이제 아버지 벌이가 조금 되니까 다시 생각해 봐도 되지 않겠어?"

"에이, 됐어. 사실 미대 나와서 밥벌이 제대로 하란 법도 없고. 그냥 지금 다니는 회사 열심히 다니다가 사장 아들이나 꼬실래."

"미쳤냐? 사장 아들이 너한테 넘어가게."

"엄마. 나 남자들한테 완전 인기 많아. 엄마 유전자 몰빵이잖아. 어디 빠지는 곳이 있어야지."

"그래, 너 빠지는 곳 없지."

"그렇지?"

"응. 엄마 소싯적엔 너보다 더 예뻤어."

그건 맞다.

엄마의 어릴 적 사진을 보면 지금의 누난 명함도 못 내밀 정도다. 그걸 알기에 누나도 반박을 못 하는 거다.

하지만 더 중요한 건 그다음에 나온 말이다.

"그런데 지금 누구랑 결혼했니? 사장 아들? 재벌가 장남? 전도유망한 청년 사업가?"

"……."

누나의 안색이 새파래졌다.

"여자는 외모가 다가 아니야. 내실을 가꿔야지."

어째… 누나에게 교육을 시킨다는 것이 아버지를 디스하는 방향으로 가버렸다.

하지만 효과는 확실했다. 누나가 엄청나게 충격을 받은 것이다.

"그건 그렇고, 지웅아."

"응?"

"엄마가 전부터 물어보려던 건데, 요즘 운동하니?"

아, 내 몸이 전과 많이 달라졌으니 당연히 의문이 들 법하다.

사실 집에서는 맨몸을 거의 보이지 않고 다녔다.

지금 내 몸은 근육으로 꽉 차 있다.

한데 매일 호리호리하던 애가 갑자기 근육질이 된 걸 보이면 의구심을 가질 게 분명하니, 긴팔 긴바지로 몸을 꽁꽁 가리고 다녔었다.

그럼에도 어쩔 수 없이 드러나는 부분이 있긴 했다.

"응. 운동한 지 제법 됐어."

"그랬구나. 엄마는 몰랐네?"

"괜히 요란 떨 거 없으니까 말 안 했지, 뭐. 근데 엄마 된장찌개 진짜 맛있다."

"엄마 실력이 어디 가니? 아빠도 엄마 음식으로 꼬신 거잖아~"

참 아이러니다.

우리 엄마 같은 절세미인이 오히려 아빠를 꼬셨다니.

'어제까지 내가 모은 링크가 214.'

내가 지금 목표로 하는 건 300링크다.

그것으로 또 골드바를 사려는 건 아니다.

이번에 내가 사려는 것은 두 번째 아티팩트, 비욘드 텅이었다.

그게 엄마의 병을 고치게 할 수 있는 해답이었다.

비욘드 텅은 영혼의 능력을 삽십 분 동안 십수 배로 강화시켜 준다.

지금 엄마에겐 내가 전이시켜 준, 라모나의 힘이 있다.

비욘드 텅으로 그 힘을 강화시켜 주면, 엄마의 병을 고치는데 분명 도움이 될 것이다.

물론 비욘드 텅에도 리스크는 있다.

비욘드 텅은 하루에 단 하나만의 능력을 강화할 수 있다.

아울러 강화시킨 능력의 제한 시간 30분이 지나면, 그 능력 자체를 하루 동안 사용하지 못하게 된다.

즉 내가 만약 이 능력을 엄마에게 쓴다면, 자가 치유력이 30분 동안 십수 배 이상 올라가는데, 그 이후엔 하루 동안 자가 치유력이 사라진다는 것이다.

내가 보기에 현재 어머니의 병세는 점점 더 호전되고 있었다.

오늘만해도 그렇다.

아침 일찍 일어나서 저토록 즐거운 얼굴로 상을 차리신 것만해도 대단하다.

그러니 하루 정도 자가 치유력을 잃는다 해도 크게 무리가 가지 않을 듯했다.

차라리 그것보다 삼십 분 동안 십수 배 강화된 자가 치유력으로 파괴된 몸속의 밸런스를 바로잡는 게 더욱 이득일 것이다.

'300링크까지 앞으로 86.'

이제 얼마 남지 않았다.

* * *

아버지의 식당은 일주일 중 월요일 하루를 쉰다.

일요일엔 별다른 약속이 없는 나인지라 오늘도 일찍부터 식당일을 도우려고 했다.

한데 갑자기 약속이 생기고 말았다.

내가 식당일 돕는 것도 팽개치고 약속을 잡게 만든 사람은 다름 아닌 아랑이였다.

아랑이랑은 저번처럼 조각 공원에서 만나기로 했다.

난 분명히 이랑이도 함께일 거라 생각했다.

그런데 이번에는 아랑이만 혼자 나왔다.

게다가 저번에 만났을 때보다 한껏 더 꾸미고 나온 모습이었다.

보자마자 눈이 정화되는 기분이었다.

[아주 넋을 놨군.]

내게서 멀찍이 떨어져 따라 걷던 카시아스가 텔레파시로 말했다.

[너도 남자라면 저 아름다운 자태에 넋이 안 나가겠냐? 질투나면 난다고 솔직히 얘기해.]

[왜 그렇게 생각하지?]

[아랑이는 누가 봐도 예쁘니까.]

[아니, 왜 내가 남자라고 생각하냔 말이다.]

[…뭐?]

서, 설마… 에이, 아니겠지.

아니, 그게 아니라면 왜 이런 걸 물어보는 거지?

[너… 여자야?]

당황하는 내게 카시아스는 코웃음 섞인 음성으로 대답했다.

[놀라는 꼴이 귀엽군.]

[뭐야, 이 자식이! 사람 놀리면 재미있냐!]

[재미없으면 뭐하러 놀리냐.]

하여튼 도움이 안 된다.

이 녀석이랑 더 말 섞어봤자 정신 건강에 하등 도움될 게 없다.

지금은 아랑이와 만나는 신성한 시간이다.

릴렉스하고 마음을 가라앉히자.

"아랑아~ 혼자 왔어?"

난 아랑이와 대화를 주고받을 수 있는 거리에 닿자마자 말을 걸었다.

방금 내 말투랑 표정 안 어색했겠지?

"응."

어? 단답이다.

이럴 땐 어떻게 해야 하지?

그래, 이랑이의 안부를 물으면서 대화를 끌어 나가자!

"이랑이는 어쩌고?"

좋아, 자연스러웠어.

"그게 실은……."

아랑이가 쉽사리 말을 잇지 못하고 우물쭈물거렸다.

혹시 이랑이한테 무슨 문제라도 생긴 걸까? 그 녀석, 주먹은 제법 쓸 테지만 싸우면 안 되니, 길가다 누구한테 흠씬 두

들겨 맞은 거 아니야?

아니면 큰 사고라도 났나?

그것도 아니면 무슨 병에 걸렸다거나?

내가 상상의 나래를 계속해서 펼쳐 나가는 와중 아랑이가 겨우 말을 이었다.

"저기… 사실 오늘 이랑이랑 같이 놀려고 했었어."

"응, 그런데?"

"이랑이가 갑자기 친구들이랑 농구하러 간다고 하는 바람에… 널 부른 거야."

"아, 그런 거야?"

"응. 미안해! 그래도 거짓말하긴 싫었어. 꿩 대신 닭이라는 느낌 들어?"

아랑이가 미간을 살짝 좁힌 채, 양 볼을 붉게 물들이고 날 올려다봤다.

'…엄청 귀여워.'

장화신은 고양이는 저리 가라다.

그녀의 빨갛고 도톰한 입술이 자꾸만 날 유혹하는 것 같다.

[변태 새끼.]

지금 이 순간만큼은 카시아스가 텔레파시로 뭐라 지껄이든 잘 들어오지 않았다.

"역시 화났구나?"

내가 대답이 없자 아랑이가 더 미안한 얼굴로 아랫입술을 비죽 내밀었다.

"아, 아니! 절대. 요만큼도 화 안 났어."

"정말?"

"응. 꿩 대신 닭이라니, 그런 게 어디 있어~ 앞으로도 이랑이가 바람맞히면 언제든지 불러~"

"진짜 화 안 난거지?"

"그렇다니까."

"하아~ 다행이다."

아랑이가 한 손으로 자신의 가슴을 살짝 내리눌렀다.

어떻게 너는 행동 하나하나가 그렇게 귀엽고 예쁘냐.

앞에 서 있는 사람 정신을 차리지 못하게 만드는구나.

"그래서 오늘 이랑이랑 뭐하기로 했었는데?"

"아, 맛집 가려고 했거든."

"맛집?"

"응."

그 얘기를 듣는 순간 아랑이와 밖에서 처음 만났던 때가 떠올랐다.

그때 아랑이는 나를 데리고 무려 다섯 군데의 맛집을 찾아다녔다.

맛집을 들를 때마다 기본 3인분 이상씩은 먹어치웠고, 마지막까지 배가 무지하게 부른 기색은 없었다.

그렇게 많이 먹으면서도 전혀 살이 찐 몸매가 아니다.

가끔 텔레비전에서 엄청나게 많이 먹는 사람들이 쇼프로에 나올 때가 있다.

그런데 내 주변에 그런 사람이 있을 줄은 몰랐었다.

그것도 아랑이가 말이다.

아무튼 아랑이가 오늘 나를 만나자고 한 목적도 맛집을 탐방하기 위해서였다.

그렇다면 얼마든지 응해줘야지!

내 배가 터지는 한이 있더라도 꾸역꾸역 먹어주겠어.

"저번엔 내가 너무 여기저기 많이 데리고 가는 바람에 힘들었지?"

"어?"

얘가 내 속을 읽었나?

"미안. 먹을 것만 생각하면 이성을 놓아버리나 봐. 나랑 이랑이는 좋았지만 지웅이는 좀 힘들었을 거야. 그래서 오늘은 한 군데만 갈 예정이니까 걱정 안 해도 돼."

"어디 갈 건데?"

"일단 애막골로 가자."

"애막골?"

"응. 거기에 내가 못 가본 맛집이 있거든. 벌써부터 엄청

기대돼."

음식 얘기를 하는 아랑이의 얼굴에 기대감을 품은 미소가 가득 번졌다.

그 모습이 꼭 장난감을 선물받은 어린아이 같았다.

"그래, 어서 가자."

아랑이와 난 택시를 잡고 애막골로 향했다.

*　　*　　*

"아랑아… 가보고 싶다던 맛집이 여기야?"

"응. 이름도 재미있지? 닭발 옆차기래~ 호호. 누가 지었는지 작명 센스 최고인 듯."

"…저기, 아랑아."

"응? 아… 줄이 너무 긴가? 기다리기 힘들어? 그럼 다른 데 갈까?"

"아니, 그게 아니라……."

"솔직하게 얘기해도 돼. 나도 인터넷에서 알아봤는데 여기 음식 맛보려면 기본 이삼십 분은 기다려야 한대."

그게 아니야, 아랑아.

여기 우리 가게란 말이야.

"근데 여기가 생긴 지 얼마 되지도 않았는데 맛집 파워 블로거도 극찬을 하고, 카페나 클럽 같은 데서도 최고의 닭발 맛집이란 글이 많이 올라왔어. 용용닭발보다 훨씬 맛있대. 그래서 꼭 한번 와보고 싶었어."

구구절절하게 설명을 하는 아랑이의 모습이, '같이 기다려 줄 거지?' 라고 묻는 것만 같았다.

"아랑아."

"왜? 좀 그래?"

"아니."

난 아랑이의 손을 잡고 길게 늘어선 줄을 벗어나 식당 안으로 들어갔다.

"어? 지웅아, 여기 줄 서서 기다려야 돼~"

내가 홀에 발을 들이자마자 아버지가 날 확인하고서는.

"서빙……!"

을 하라고 말하려다 말고 입을 다물었다.

아버지가 내 옆에 선 아랑이를 보더니 눈을 꿈뻑거리다가 말했다.

"지웅아, 옆엔……?"

"반 친구요. 아랑이예요. 아랑아, 인사해. 우리 아버지야."

"아버지……? 어? 그, 그럼?"

"응. 여기가 우리 아버지 식당이야."

"진짜?"

"그래~!"

아랑이가 눈을 동그랗게 뜨고 한 손으로 입을 가렸다.

너무 놀라 입을 벌린 모양이다.

아랑이는 아버지와 날 번갈아 보다가 얼른 자세를 고쳐 잡았다. 그녀는 아버지에게 허리를 꾸벅 숙였다.

"아, 안녕하세요! 처음 뵙겠습니다. 지웅이랑 같은 반 친구, 연아랑이라고 해요."

"이거, 지웅이가 친구를 데려온 적이 처음이라 영 어색하네. 허허허허."

"아버지, 아들 배고파 죽겠어요. 밥 좀 줘요."

"응? 그래그래, 밥 줘야지!"

아버지는 식당을 둘러보더니 주방으로 향하는 구석자리에 안 쓰는 테이블 하나를 치워주었다.

그 테이블은 손님용이 아니라 직원용이었다.

직원들이 짬 나는 시간에 밥을 차려 먹는 곳이었다.

나와 아랑이는 그 테이블로 가서 앉았다.

아버지가 다가와서 물었다.

"우리 친구는 닭발 좋아하나?"

"네. 엄청 좋아해요."

"뼈 있는 닭발 먹을래, 무뼈 먹을래?"

아랑이가 고민을 했다.

나는 그런 아랑이의 고민을 한 번에 끝내주었다.

"아버지, 모든 메뉴 1인분씩만 다 내주세요."

"뭐? 전부 다?"

"네."

"다 못 먹을 텐데?"

"그런 걱정은 마시구요."

"…그래, 알았다."

아버지는 이놈이 무슨 패기인가 싶은 얼굴로 날 바라보다가 주방에 대고 주문을 했다.

아버지가 가버리자 아랑이가 눈을 반짝이며 내게 말했다.

"지웅아, 진짜 장난 아니다."

"뭐가?"

"그냥… 네가 닭발 옆차기 사장님 아들이라니 뭔가 조금 이상하고 그래."

"어떻게 이상한데?"

"그냥 신기하고 되게 좋아~ 나 무슨 신데렐라 스토리 드라마 속의 여주인공이라도 된 듯한 기분이야."

신데렐라 스토리.

별 볼 일 없는 여자 주인공이 남자 주인공과 썸을 타게 됐는데, 알고 보니 그 남자 주인공이 대기업 회사 장남이더라, 라는 식의 이야기 구조를 말한다.

먹을 것을 엄청나게 좋아하는 아랑이한테는 맛집 사장 아들인 내가 대기업 사장 아들과 동급으로 보이는 모양이다.

"네가 그렇게 말해주니까 기분 좋다."

"나도 기분 좋아. 로또 맞은 것 같아. 근데 인터넷에서 보니까 여기 대표 메뉴는 다 사장님 아들이 개발했다고 하던데… 그럼 그거 혹시?"

이거 쑥스럽네.

난 머리를 긁적이며 대답했다.

"맞아, 내가 개발했어."

"진짜? 정말 대단하다, 지웅아! 내 이상형이 요리 잘하는 남잔데!"

"어?"

"응?"

아랑이와 나는 서로의 눈을 바라보며 말이 없었다.

잠시 시간이 그대로 정지한 것 같았다.

머릿속에서는 뚜~ 뚜루뚜뚜~ 하는 경음악이 흘렀다.

그러다 누가 먼저랄 것도 없이 얼른 고개를 돌렸다.

"큼! 크흠!"

"……."

이렇게 어색할 데가.

근데 아랑이의 이상형이 요리 잘하는 남자라고?

이거 어쩌면… 내가 아랑이랑?

머릿속에서 그런 희망적인 미래를 그려보기 시작할 무렵, 테이블이 세팅되었다.

그리고 얼마 지나지 않아 오일 닭발과 무뼈 오일 닭발이 나왔다.

워낙에 시킨 게 많아서 나머지 메뉴는 시간을 좀 두고 나오는 모양이었다.

닭발을 본 아랑이의 얼굴에 생기가 돌았다.

"와~ 비주얼 장난 아니다. 진짜 맛있을 것 같아."

"얼른 먹어봐, 아랑아."

"응, 잘 먹겠습니다!"

아랑이가 무뼈 닭발 하나를 입에 넣고 오물오물 씹었다.

그리고 몸을 부르르 떨더니 눈을 홉떴다.

"이거, 정~ 말 정말 맛있어!"

아랑이는 자기도 모르게 크게 소리치고서 얼른 입을 가렸다.

식당에 있는 모든 손님이 우리 테이블을 잠시 쳐다봤을 정도로 그녀의 목소리는 컸다.

서빙을 하던 아버지의 얼굴에는 기분 좋은 미소가 걸렸다.

"미, 미안. 목소리가 좀 컸지?"

"아니야, 괜찮아."

아무래도 아랑이는 맛있는 걸 먹으면 자기도 모르게 흥분하는 모양이다.

그런데 정말 기분이 좋았던 건, 그녀와 함께 갔던 어떤 맛집에서도 지금처럼 흥분하는 모습은 본 적이 없었다는 것이다.

"지웅아, 이거 대박이야. 엄청 맛있어. 나 이렇게까지 맛있는 닭발은 처음이야. 아니, 닭발을 떠나서 최근에 내가 먹은 모든 음식 중 제일 맛있어."

"그 정도야?"

"응! 난 음식 맛 가지고 거짓말 안 해!"

내가 아랑이랑 친하게 지낸 지 얼마 안 됐지만, 그녀의 음식 사랑은 익히 잘 아는 바다.

따라서 음식 맛으로 거짓말 안 한다는 말도 충분히 신뢰가 갔다.

아랑이는 오일 닭발과 무뼈 오일 닭발을 순식간에 해치웠다. 그리고 하나는 볶음밥, 다른 하나는 치즈밥을 볶아서 그것도 게 눈 감추듯 해치웠다.

이후 오돌뼈와 주먹밥, 오일 닭똥집이 나왔다.

아랑이는 그 메뉴들도 맛있다는 말을 연신 해대며 쉬지 않고 젓가락을 놀렸다.

그렇게 우리 식당의 전 메뉴를 해치우는 동안 누룽지탕과

계란찜은 세 번이나 다시 주문했다.

"하아, 정말 잘 먹었다."

아랑이가 텅 비어버린 식기들을 바라보며 말했다.

"잘 먹어줘서 고마워. 내가 다 뿌듯하다."

"아니야. 맛있으니까 다 먹었지. 맛없었으면 이렇게 싹 비우진 못했어."

"만족스러운 거지?"

"응, 엄청. 그리고 지웅이 너도 달라 보이고."

"뭐 때문에?"

"아까 말했잖아. 네가 요리를 이렇게 잘하는 줄 몰랐어."

"아……."

그거 말하는 거였구나.

요리 잘하는 남자가 이상형이라던.

그런 생각을 하니 또 괜히 어색해지는 것 같아서 난 얼른 화제를 돌렸다.

"오늘은 맛집 탐방 이걸로 된 거야?"

"응. 너무 맛있는 걸 먹어서, 다른 걸 먹어봤자 별 감흥이 없을 것 같아. 이제 계산하고 나가자."

"계산? 무슨 계산? 여기 우리 식당이잖아. 그리고 지금 이건 아버지가 나랑 내 친구 밥 한 끼 대접한 거고."

"한 끼… 라고 하기엔 내가 얼마나 먹었는지 잘 알고 있는데?"

"괜찮아. 아버지도 돈 받고 팔 생각 없었을 텐데, 뭐. 계산한다고 하면 오히려 서운해하실걸?"

"그런가? 음… 그럼 내가 나가서 차 한잔 살게. 어때?"

"좋지."

단둘이 식사를 한 다음, 차까지 한잔하다니?

이거 진짜 데이트잖아?

아니, 나만 혼자 그렇게 생각하는 건가? 정작 아랑이는 단순히 호의에서 차를 사겠다고 한 것일 수도 있으니까.

그래도… 일단 같이 밥 먹을 사람이 주변에 많이 있을 텐데 굳이 나한테 전화를 한 걸 보면 호감이 조금 더 있긴 한 거 아닐까?

별의별 생각이 다 드는구나.

머리가 더 복잡해지기 전에 자리를 옮겨야겠다.

내가 일어서서 밖으로 나가려 하는데, 그때 갑자기 매장 밖이 시끄러워졌다.

Chapter 8
알 수 없는 선행

소란스러움은 매장 바깥에서 식당 안으로 흘러 들어왔다.

"아오, 줄 존나 기네."

"뭐 씨팔, 닭발이 다 똑같지, 뭐 얼마나 잘났다고 이렇게 유난이야?"

"이 엄동설한에 손님을 겁나 기다리게 하고."

"아저씨! 주문 받아요!"

네 명의 남자가 자기들끼리 험한 말을 주고받으며 식당에 들어섰다.

아버지는 물론이고 모든 손님의 시선이 그들에게 향했다.

"네, 손님. 무슨 일이세요?"

아버지가 그들에게 다가가 물었다.

"아니, 주문 좀 받으시라구요."

"번호표 주시겠어요?"

"무슨 번호표?"

"대기표 없으세요? 줄 서 계시는 분들한테 전부 드리는데요."

"아니, 대기표를 뭐 하러 받아요? 우리는 매장에서 먹을 게 아니라 포장해 갈 거예요. 오일 닭발 사 인분 포장해 줘요."

목소리도 얼굴도 상당히 어려 보이는데, 아버지를 상대하는 태도가 참 엉망이다.

"손님, 죄송합니다만 포장도 대기표를 받고 줄을 서 계시다가 들어오셔서 주문해야 하거든요."

"아, 그래요? 그럼 그건 다음 손님부터 그렇게 하시고, 우리는 그냥 지금 주문 좀 할게요."

"그건 안 됩니다, 손님."

"아, 좀 그냥 해달라구요!"

이제는 어린놈이 윽박지르기까지 한다.

콰앙!

게다가 옆에서 식사하고 있던 손님의 테이블을 걷어찼다.

손님들이 놀라서 벌떡 일어나 녀석을 노려봤다.

"뭐야, 저놈들?"

"아니, 왜 이유도 없이 행패야?"

테이블 여기저기서 불만의 목소리가 흘러나왔다.

더 이상 그냥 둘 수가 없었다.

그런데 자세히 보니, 그놈 주변에 있는 세 놈 중 두 사람의 얼굴이 낯익다.

난 깽판을 치기 시작한 놈에게 다가갔다.

"몇 살인지 모르겠는데, 말이 너무 거치네?"

그러자 아버지를 상대하던 놈이 날 노려봤다.

"넌 뭐야?"

아버지가 날 말렸다.

"가만있어, 지웅아!"

"아니요, 아버지. 가만 못 있겠어요."

난 말을 하며 익숙한 얼굴 둘을 번갈아 노려보았다.

그러자 그 둘의 안색이 하얗게 변했다.

한 놈은 우리 반 태진이였고, 또 다른 한 놈은 편의점에서 깽판 부리고, 인비를 협박하던 양아치였다.

나 참, 끼리끼리 어울린다더니 학교 밖에서는 이놈들이 아주 잘 붙어 다니고 있었구나.

"태진아."

"어, 어?"

난 아버지에게 눈을 부릅뜨고 소리치던 족제비 닮은 놈을 가리켰다.

“우리 아버지 가게에서 저 새끼 뭐 하는 짓거리냐?”

“혀, 형인데.”

“그래, 너한테 형일지는 모르겠지만 내 입장에서는 그냥 개새낀데. 그만 짖게 할래?”

내 말에 태진이가 난감한 기색을 온몸으로 표했다.

바들바들 떨었다는 얘기다.

족제비가 날 노려보며 분노를 표출했다.

난 녀석의 시선을 완전히 무시하고 양아치에게 말을 걸었다.

“야.”

“어, 어?”

양아치가 놀라서 대답했다.

“어? 내가 네 친구야?”

“아, 아니요.”

“저 족제비 새끼 수습해서 다섯 셀 동안 데리고 나가.”

“뭐? 족제비? 너 미쳤냐?”

족제비가 나한테 들이대려는 순간.

퍽!

양아치가 족제비의 뒤통수를 갈겼다.

"억!"

족제비가 놀라서 양아치를 돌아보니, 양아치가 눈을 희번덕거리며 이를 악물고 읊조렸다.

"지금 돌아가는 상황 파악 안 되냐, 이 새끼야?"

"아, 형님. 딱 보니까 아무것도 아닌데, 왜 저런 새끼한테 쫄고 그러세요?"

양아치와 태진이의 얼굴에서 식은땀이 흘렀다.

내가 족제비의 얼굴에 내 얼굴을 바짝 들이댔다.

"왜 나한테 쪼는지 궁금하지?"

그때쯤 이미 식당 사람들의 이목은 모두 내게 집중되어 있었다.

아버지도 내가 하는 양을 가만히 지켜보았다.

식당 밖에서 줄을 선 채 기다리던 사람들도 안으로 들어와 상황을 구경하는 중이었다.

"가르쳐 줄 테니까 잘 봐라."

난 옆 테이블에 있는 수저통에서 젓가락 한 쌍을 꺼내 앞으로 던졌다.

쐐액!

날카로운 파공성을 내며 날아간 젓가락 한 쌍이 족제비의 오른쪽 뺨과 왼쪽 귀를 스쳐 지나갔다.

퍼퍽!

곧 젓가락 한 쌍은 식당 건물 나무 기둥에 박혔다.

족제비의 뺨과 귀에는 가는 선혈이 그어졌다.

녀석이 바짝 얼어서 바들바들 떨었다.

내가 손으로 뒤쪽을 가리켰다.

족제비와 태진이, 양아치, 그리고 그 패거리의 나머지 한 놈이 동시에 고개를 돌렸다.

그리고 나무 기둥에 박힌 젓가락을 보더니 턱을 쩍 벌렸다.

"고개 돌려."

네 놈이 동시에 날 바라봤다.

"하여튼 끼리끼리 어울려 다닌다더니."

그 말에 가장 찔리는 사람은 태진이랑 양아치일 것이다.

두 놈 다 나한테 된통 혼난 장본인이니까.

"따로따로 꼴통 짓하는 것도 모자라 이젠 몰려다니면서 꼴통 짓거리들이냐?"

태진이와 양아치는 서로 날 어떻게 아느냐고 묻는 듯한 시선을 교환했다.

내가 태진이에게 말했다.

"한 번만 더 이딴 식으로 나랑 엮이면 그땐 가만 안 있는다고 했지?"

태진이의 어깨가 움찔거렸다.

"그리고 너."

이번엔 양아치를 노려봤다.

"그때 내가 박살 낸 거 뭐였는지 기억나?"

양아치가 고개를 끄덕였다.

당시 난 맨주먹으로 녀석이 휘두르던 스위치 블레이드를 산산조각 냈었다.

"다음번엔 그 꼴 나는 게 네가 될 거라고 말했을 텐데?"

양아치가 식은땀을 뻘뻘 흘렸다.

"야, 족제비."

"네, 네?"

이젠 족제비의 입에서도 알아서 존댓말이 튀어나온다.

"넌 어떻게 경고하면 저 멍청한 두 인간처럼 헛지랄 안 하고 한 번에 알아먹을래?"

"……."

족제비가 마른침만 꿀꺽 삼켰다.

여태껏 상황 파악만 하고 있던 존재감 없는 나머지 한 놈은 모기를 닮았다.

"야, 모기."

"저, 저요?"

한 번에 알아듣는 걸 보니 나 말고도 여러 사람한테 모기 닮았다는 말을 들은 모양이다.

난 수저통에서 다시 젓가락 한 쌍을 집었다.

“이번에는 이거 너랑 족제비 이마에 하나씩 꽂힐지도 모른다.”

“왜, 왜요! 저, 전 아무것도 안 했는데요?”

“아니, 이미 한 거야. 태진이랑 저 노란 대가리 양아치 새끼랑 같이 다닌 것 자체가 뭔가를 한 거라고! 안 그러냐, 태진아?”

“…씨팔.”

뭐? 씨팔?

이게 완전히 정신 줄 놨구나.

“다시 말해봐.”

“씨팔, 이건 너무하잖아! 아무리 그래도 그렇지 이렇게 모르는 사람 많은 곳에서 날 쪽 줘야겠냐고!”

이 미친 새끼가.

짜악!

내가 태진이의 뺨을 후려쳤다.

“악!”

태진이의 목이 격하게 돌아갔다.

그에 따라 몸도 옆으로 휙 틀어졌다.

태진이가 얻어맞은 뺨을 손으로 쥐고 부들부들 떨었다.

녀석의 입술은 모조리 터져 피범벅이 되었다.

“그럼 내가 한번 물어보자. 너는 대체 무슨 권리로 너보다 나이 많이 잡수신 우리 아버지한테 함부로 대했냐? 그것도 아버지 가게에서, 아버지 손님들이 식사하는 자리에서! 우리 아버지를 그렇게 무시하고 쪽 줘야겠냐고!"

짜악!

이번엔 반대쪽 뺨을 때렸다.

"아악!"

태진이가 두 손으로 양 볼을 감쌌다.

"내가 틀린 말 했냐?"

"아, 아니……."

이미 태진이의 눈엔 공포만이 가득했다.

억울함도, 분노도, 수치스러움도 찾아볼 수 없었다.

지렁이가 밟아서 꿈틀거리면 꿈틀거리지 못할 정도로 더 세게 밟아야 한다.

쥐가 궁지에 몰려서 고양이를 물면, 그 쥐의 허리를 끊어 놓아야 한다.

태진이는 지금 발끈했다가 완벽하게 짓밟힌 지렁이, 허리가 끊어진 생쥐가 되었다.

비로소 확실하게 놈을 제압한 것이다.

태진이가 얻어맞자 나머지 셋은 두 손을 가지런히 앞에다 모으고서 내 눈치를 살폈다.

"너희들한테 경고하는데, 이제 앞으로 어디서든 날 마주치지 마라. 식당에서 밥 먹다가 내가 들어온다 싶으면 도망쳐. 만약에 그 자리에 가만히 앉아서 처먹고 있으면 다음 날부터 밥 씹기 힘들게 만들어줄 테니까. 태진이 너는 학교에서 최대한 내 눈에 띄지 마라. 멀리 떨어져서 앉고 우연히 눈 마주치면 바로 깔아. 곁으로 지나다니지도 말고 화장실에서 볼일 보다 내가 들어오면 끊고 나가. 알았냐?"

"응……."

태진이는 대답했고 나머지 셋은 고개를 끄덕였다.

"그리고 너희한테는 우리 집 음식 안 파니까, 당장 꺼져."

꺼지라는 욕이 그놈들한테는 살려주겠다는 호의로 들렸나 보다.

네놈의 얼굴이 일순 밝아지더니 누가 먼저랄 것도 없이 우르르 식당 밖으로 달려나갔다.

그러고 나니 갑자기 식당 안이 조용해졌다.

'…너무 오버했나?'

그냥 조용히 밖으로 끌고 나가서 해결할걸.

내가 설레발쳐서 가게 분위기 안 좋다고 손님들 다 떨어져 나가면 어쩌지?

괜한 후회가 밀려들었다.

그런데.

띠링!

—맛집에 들어와서 분위기 흐리던 개망나니 넷을 혼내주셨네요! 손님들이 불편해서 힘들어하던 와중이었는데, 아주 좋은 일 하셨어요. 지웅 씨 덕분에 닭발 옆차기를 찾은 손님들은 다시 평화로운 식사를 할 수 있을 것 같아요. 선행을 쌓아 47링크가 주어집니다.

어라?

내가 어리둥절해하는 사이 갑자기 누군가 휘파람을 불었다.

휘이이이이익—!

그리고 동시다발적으로 박수가 터져 나왔다.

짝짝짝짝짝!

"이야~ 멋있다!"

"저분 사장님 아드님이잖아요? 와, 강하게 키우셨네!"

"사장님 멋있어요! 아드님도 짱!"

"꺄악~! 오빠 멋져~!"

사람들 반응이 내가 예상한 것과는 완전히 딴판이었다.

아무래도 모두 양아치 무리를 누군가 제압해 주길 바랐던 모양이다.

지금 가게에 있는 손님이 대략 서른 조금 넘고, 밖에서 줄 서 있던 손님은 열이 넘었었다.

47링크가 들어온 걸 보면 거의 모든 손님이 도움을 원한 것 같다.

'하긴 나만해도 식당에서 밥 먹고 있는데 양아치들이 와서 난동 부리면 별로지. 짜증도 나고 무섭기도 하고, 나한테 불똥 튀는 거 아닌가 걱정도 되고.'

얼마 전까지만해도 나는 지금 식당에서 식사만 하고 있는 사람들과 별다를 게 없었다.

그리고 그게 현재를 살아가는 대부분의 모습이다.

아니, 냉정하게 따지자면 사실 난 그 대부분보다 못했었다.

그런데 지금은 그들의 바람을 해결해 주는 입장이 되었다.

나도 모르게 가슴이 뿌듯함으로 차올랐다.

탁탁.

아버지가 내 뒤통수를 가볍게 두들겼다.

"너 언제 그렇게 담이 좋아졌냐?"

"좀 됐어요, 아버지."

"장하다."

아버지는 진심으로 기뻐하고 있었다.

늠름한 아들의 모습을 보인 것 같아 기분이 좋았다.

아버지가 내 어깨에 팔을 확 두르더니 기분 좋게 소리쳤다.

"여러분~! 식사하시는데 불편을 끼쳐 드려 죄송합니다!

그런 의미로 제가 각 테이블마다 음료수 한 병씩 서비스 드리겠습니다!"

"사장님 짱!"

"브라보~!"

테이블에서 일제히 박수가 터져 나왔다.

어느새 내 옆엔 아랑이가 다가와 있었다.

아랑이와 나는 시선을 주고받으며 피식 웃었다.

아버지는 만족스레 고개를 끄덕이고서는 미소 띤 얼굴로 내게 속삭였다.

"구멍 난 기둥은 네가 수리해 놔라."

"…네."

부자간에 사리에 참 밝으시네요, 아버지.

*　　*　　*

아랑이와 나는 식당에서 나와 카페에 들어갔다.

아랑이는 아메리카노, 나는 복숭아 아이스티를 주문했다.

그러고 보니 이 카페, 인비를 처음에 만났을 때, 그녀가 반강제로 끌고 들어왔던 그 카페였다.

여자들한테 제법 인기가 많은 모양이다.

'카페에서 얻은 링크가 47이니까 이제… 261링크인가?'

300링크까지는 39링크가 남았다.

하루 이틀만 더 열심히 선행을 쌓으면 충분히 모을 수 있는 포인트다.

"지웅아."

"응?"

딴생각을 하고 있다가 아랑이가 부르는 소리에 깜짝 놀라 대답했다.

아랑이가 살짝 주저하다가 말했다.

"나랑 있는 거 지루해?"

"어? 아니? 하나도 안 지루한데?"

"응… 그렇구나."

"왜? 지루해 보였어?"

"카페에 들어와서 아무 말도 안 하고 딴생각만 하는 것 같아서."

"아… 미안. 그게 아니라 잠깐 생각할 문제가 좀 있어서."

"큰 문제야?"

"아니, 그런 거 아니야. 이제 됐어."

"그럼 다행이고. 난 지루한 줄 알았지. 지루한 사람이랑 같이 있는 건 시간 낭비밖에 안 되잖아. 그런 거 싫거든."

"아니라니까~"

시간 낭비일 리가 있겠니?

우리 반 남학생들은 모두 너랑 데이트하는 걸 꿈같은 일로 여길 텐데.

아랑이 너는 아직 스스로에 대해 잘 모르는 것 같다.

"아무튼 지웅이 넌 참 특이한 거 같아."

"내가 왜?"

"학기 초에 봤을 때랑 분위기가 너무 다르잖아."

다를 수밖에.

카시아스를 만나고 나서 완전히 달라졌으니, 안 달라지는 게 더 이상할 판이다.

"그게… 용기가 있고 없고의 차이가 크더라구."

"용기?"

"응. 근데 그 용기라는 게 참… 그렇더라. 다른 외적인 힘이 주어지지 않더라도 낼 수 있어야 그게 진정한 용기일 텐데, 나는 그러지 못했거든."

"네가 어떤 상황을 겪었기에 그런 말을 하는 건지는 모르겠지만, 그 심정은 이해할 수 있을 것 같아."

"그래?"

"응."

[똥 폼 잡지 말고 카페에서 나갈 때 내 것도 사라. 난 단 게 좋다. 아이스 캬라멜 마끼아또로 부탁하마.]

분위기 좋았는데 갑자기 카시아스가 텔레파시를 보냈다.

참고로 카시아스는 자기 몸을 투명화시킨 뒤, 날 따라 카페에 들어왔다.

지금은 카페 테이블 아래에 있지만 눈에 보이지는 않았다.

[내가 왜 네 걸 사야 하냐.]

[인생 역전 시켜놨더니 고마운 줄을 모르는군.]

[알았다, 알았어. 살게.]

그렇게 카시아스와 쓸데없는 대화를 나누는 도중 갑자기 이상한 현상이 일어났다.

띠링!

—지웅 님의 행동에 감동하는 사람이 늘어나고 있어요! 정말 대단하죠? 선행을 쌓아 2링크가 주어집니다.

…뭐?

내 행동에 감동을 해?

내가 지금 뭘 했는데? 난 아무것도 한 적이 없는데?

카시아스랑 속으로 티격태격한 게 감동할 만한 일인가?

내가 멍하니 있으니 아랑이가 걱정스레 물었다.

"역시 심각한 고민 있는 거 아니야?"

"어? 그런 거 아니야."

그때 또다시.

띠링!

—완전히 보너스네요, 이건. 축하드려요, 지웅 님~! 선행을 쌓아 4링크가 주어집니다.

대체 뭐지?

내가 무슨 선행을 쌓고 있다는 거야?

링크가 쌓이는 건 좋은데, 뭐 하고 있는 게 없으니까 의아할 따름이다.

"아랑아."

"응?"

"혹시 내가 너랑 대화하는 것 말고 지금 뭐 다른 일 했니?"

"복숭아 아이스티… 마신 거? 깊이 뭔가를 고민했던 거?"

"그거 말고는?"

"아무것도 안 했는데? …지웅아, 아무래도 너 오늘 피곤해 보여. 그만 집에 들어가고 학교에서 보자."

"아니, 그런 건 아닌데……."

띠링!

—선행을 쌓아 7링크가 주어집니다.

또 터졌다!

왜 자꾸 링크가 들어오는지 모르겠다.

게다가 들어오는 링크의 수가 점점 더 커져 간다.

벌써 잠깐 사이에 아무것도 하지 않고 벌어들인 링크가 13링크다.

대체 나도 모르는 선행을 내가 어디서 하고 있는 거야?

도플갱어라도 나타난 건가?

[카시아스, 이게 도대체 무슨 일이야?]

[짐작 가는 게 있긴 한데…….]

[그게 뭔데?]

[나중에 얘기하지. 지금은 네가 발정 나서 꼬시려는 암컷한테나 잘해라.]

[암컷이라니! 사람이거든?]

[…….]

카시아스는 더 이상 대답이 없었다.

아랑이는 남은 아메리카노를 호록 마시고서 일어났다.

나도 복숭아 아이스티를 벌컥벌컥 마셨다.

*　　*　　*

"오늘 즐거웠어, 지웅아."

"응, 나도."

나와 아랑이는 버스 정류장에 서서 대화를 나눴다.

그런데.

띠링!

—선행을 쌓아 21링크가 주어집니다.

…이젠 불안할 지경이다.

아무 이유 없이 누군가 엄청 잘해주면 괜히 찝찝해지는 기분 알 거다.

지금 딱 그런 기분이다.

"다음번엔 이랑이 데리고 식당 찾아갈게. 같이 식사하자. 오늘은 아저씨한테 대접받았으니까, 그때는 손님으로 와서 제대로 계산하고 먹을게."

"그러지 않아도 돼."

"계속 그러면 내가 불편해서 못 와."

"…흠, 알았어."

"아, 그리고 수능 끝난 다음… 그러니까 이번 주 일요일 날 시간 있어?"

"뭐 특별한 약속은 없는데?"

"그럼 우리 집에 올래?"

"아랑이네… 집에?"

정식으로 날 초대하다니?

그럼 이건… 데이트보다 한 단계 위의 어떤 그… 뭐랄까.

"응. 할아버지가 보고 싶대."

"…아."

그럼 그렇지. 괜히 기대했네.

"너 시간 안 되면 억지로 올 필요는 없어."

"아니야! 갈게. 나도 무천도사님 한 번 더 보고 싶긴 했어."

"호호. 넌 끝까지 무천도사님이라고 부르는구나? 나랑 이랑이는 부끄러워서 도저히 입에 안 붙던데."

"은근히 어울리잖아."

"그런가? 아, 버스 왔다."

버스 기사님도 야속하시지. 조금만 더 늦게 오시면 안 되는 거였습니까?

"나 가볼게. 내일 학교서 봐~!"

"응, 잘 가 이랑아."

이랑이를 태운 버스는 힘차게 달려 멀어졌다.

띠링!

—선행을 쌓아 13링크가 주어집니다.

대체 어디서 무슨 선행을 쌓고 있는 거냐, 나는?

아랑이가 떠나가자 카시아스가 모습을 드러내고 내 어깨 위로 올라왔다.

녀석이 작은 음성으로 내게 말했다.

"지금도 계속 선행이 올라가는군."

"그러게."

"공돈 생긴 기분이겠다?"

"찝찝하다니까."

"더 찝찝한 게 있을 텐데?"

"그런 거 없는데?"

"내 캬라멜 마끼아또는?"

"아… 깜빡했다."

"하여튼 눈앞의 암컷에 정신이 팔려서는."

"암컷이라고 하지 말라니까, 똥고양아."

"일단 인터넷에 접속해 봐."

"인터넷은 왜?"

탁!

윽, 이놈의 고양이가 이제는 밭 가는 소 다루듯 마구 꼬리로 목을 치네?

…라고 하면서도 순순히 스마트폰으로 인터넷에 접속하는 내가 불쌍타.

"접속했는데?"

"검색창에다가 음… 그래, 닭발 옆차기라고 쳐봐라."

갑자기 우리 식당 상호를 왜 쳐보라는 건지 궁금했다. 그러나 이번에도 시키는 대로 했다.

식당 상호로 검색을 하니, 우리 식당에 대한 호평 일색의 글들이 주르륵 떠올랐다.

"동영상 탭을 클릭해."

동영상을 클릭하는 와중 또다시 8링크가 들어왔다는 음성이 들렸다.

그런데 동영상은 또 왜 보라는 거야?

"목록을 잘 살펴봐."

난 동영상의 제목들을 하나하나 유심히 살폈다.

대부분이 우리 가게의 음식들을 동영상으로 담아 올려놓은 것이었다.

"동영상 정렬 순서를 최신순으로 고쳐라."

"알았어."

최신순으로 동영상을 정렬했다.

그러자 불과 한 시간 전에 올라온 동영상 하나가 보였다.

그런데 그건 우리 식당 음식을 촬영한 게 아니었다.

"어? 이거 뭐지?"

난 그 동영상을 플레이시켰다.

동영상 안에는 태진이 무리와 그들을 제압하는 내 모습이 찍혀 있었다.

"우와~ 이건 또 누가 찍어서 올렸대? 난 전혀 몰랐네."

몰래 찍은 것 같은데 앵글도 괜찮고 화질도 나쁘지 않았다.

제법 동영상이 인기 있는지 한 시간 만에 조회수가 500 가까이 나와 있었다.

동영상은 태진이 무리가 가게를 나가고, 아버지가 음료수 서비스를 돌리겠다며 선언하는 부분에서 끝나 있었다.

내가 동영상을 다 보고 뿌듯해할 때 또다시 선행을 쌓았다며 16링크가 들어왔다.

"카시아스, 나 또 16링크 들어왔대. 이거 대체 어떻게 들어오는 거야?"

내 물음에 카시아스가 한심하다는 목소리로 말했다.

"방금 동영상을 보고서도 짐작 가는 게 없나?"

"짐작 가는 거?"

동영상 속에서 나는 못된 놈들 혼내줬고, 사람들이 환호했다.

그리고 그 동영상을 많은 사람이 봤고… 어? 아, 이거 혹시?

"내 동영상 보면서 감정이입한 사람들이… 내 행동에 고마워하는 건가?"

"그거다."

그때 또 한 번 적립되는 24링크.

새로 고침 버튼을 눌러보니 동영상의 조회수는 그새 늘어 700이 넘어 있었다.

진짜 이거란 말이야?

그러니까 정리해 보자.

내가 선행을 하는 동영상을 보는 700명의 사람 중 지금껏 대략 한 100명 정도가 완전히 감정이입을 했고, 저 나쁜 놈들 누가 좀 해치워서 식당 주인을 도와주면 좋겠다는 생각을 가졌다.

그런데 동영상 속에서 내가 그 나쁜 놈들을 물리쳐 식당 주인인 우리 아버지를 도와주었다.

이것은 곧, 동영상을 보는 사람들의 도움을 원하는 갈망을 해결해 준 것이기에 선행 포인트에 카운팅이 된다는 얘기다.

레이브란데의 인과율에서 선행으로 인정해 주는 법칙 중 하나가, 바로 타인이 도움을 바라는가, 바라지 않는가이기 때문이다.

생각을 정리하는 사이 다시 30링크가 들어왔다.

동영상의 조회수는 1,000을 넘어가고 있었다.

"이거 완전히… 꿀이잖아?"

"현대의 과학이 우연찮게 널 돕게 된 거지."

"대박이다, 진짜."

갑자기 좋은 생각이 떠올랐다.

"카시아스, 이런 식이라면 앞으로 선행을 하는 내 모습을 동영상으로 찍어서 인터넷에 퍼뜨리면 어떨까?"

"나쁘지 않겠지만 잘못할 경우 국민적 비호감으로 찍히고 평생 매장당하는 수가 있다. 그다음부터는 누구도 네 선행을 고마워하지 않을걸?"

"무슨 소리야?"

"선행이라는 건, 네가 대가 없이 했을 때 누군가 그 모습에서 감사하게 되기에 선행이랄 수 있는 거다. 물론 지금 너는 링크를 대가로 선행을 하는 것이지만, 적어도 네 선행을 보는 사람들의 눈엔 대가를 필요로 하는 것처럼 느껴지지 않겠지. 그래서 고마움을 느끼는 것이고, 선행으로 인정되는 거야."

"그건 나도 알아. 그래서 더 많은 사람이 볼 수 있도록 동영상을… 아."

말하는 와중에 뭔가를 깨달았다.

카시아스는 콧방귀를 탕 뀌었다.

"이제 알았냐? 단세포 같은 놈."

"…이번엔 욕먹어도 할 말 없다."

카시아스가 내게 말하려던 건 이거다.

내가 선행을 할 때마다 셀프 카메라로 동영상을 찍어 올린다고 치자.

처음에는 그걸 본 사람들이 박수를 쳐줄 수도 있다.

그런데 계속해서 스스로 선행을 하고 그걸 봐달라는 식으로 올리게 되면 나중에는 꼴불견이 될 수도 있다.

왜 스타들도 그렇잖은가?

스스로 밝히는 선행이나 기부보다, 숨기려 했다가 나중에 드러났을 때 더 큰 찬사를 받는다.

요즘엔 사람들이 영악해져서 드러내는 선행에는 박수보다 욕을 더 많이 하는 경우도 있다.

"그거 정말 조심해야겠네."

"조심하기보다는 영리하게 해야지. 스스로의 선행을 동영상으로 찍는 것까지는 좋다. 그것을 어떻게 인터넷에 올리느냐 하는 게 관건이지. 사람들에게 비호감으로 찍히지 않도록, 그들이 호기심과 재미를 느끼도록. 어떠한 콘셉트를 잡아 호감으로 보이는 콘텐츠로 만들 것인가, 그게 관건이다."

"……."

이 녀석은 다른 세상에서 온 자식이 지구인인 나보다 더 지구 문화에 대해 잘 아는 것 같다.

카시아스와 이렇게 대화를 하는 도중 또다시 링크가 들어왔다.

마인드 탭을 열어 확인해 보니 지금까지 모인 링크는 총 419.

"아무튼 콘텐츠에 대한 건 나중에 생각해 보기로 하고. 지금은 아티팩트부터 사자. 소울 스토어."

Chapter 9
비욘드 텅

“안녕하세요, 지웅 님. 이제는 링크를 금방금방 모으시네요.”

그것이 라헬의 첫인사였다.

“지금도 계속 늘고 있지. 좋은 소식이지?”

“그렇네요. 영혼들을 보여 드릴까요?”

“아니, 아티팩트를 살 거야.”

“아티팩트라 하면… 비욘드 텅을 말씀하시는 것인지?”

“응. 그거.”

“비욘드 텅이 300링크니 그것을 사고 100링크 이상이 남네요?"

소울 스토어에 접속할 때가 419.

지금은 또 링크가 늘어나서 423.

이 속도라면 곧 450을 넘을 테고, 비욘드 텅을 사도 150링크 이상이 남으니 150링크짜리 영혼을 살 수 있다.

"일단은 비욘드 텅부터 줘."

"그러죠."

라헬이 씩 웃으며 손가락을 튕겼다.

그러자 내 앞에 작은 목걸이가 나타났다.

그것을 들어 내 목에 걸었다.

"300링크 잘 받았습니다. 영혼도 사시겠습니까?"

"아직 150링크가 다 차지 않았어. 수다나 떨까?"

"제가 지웅 님이랑요? 남자랑 수다 떠는 취미 따윈 없지만, 지웅 님은 지금 돈을 쥔 손님이니까 얼마든지 떨어드리죠."

"필요 없어. 그냥 갈래."

"왜요? 영혼 사서 가셔야죠."

"생각이 바뀌었어. 링크를 더 모아서 영력을 업그레이드시킨 다음, 더 비싼 영혼들이 뭐가 있나 보는 게 나을 것 같아."

그 말에 라헬의 미소가 섬뜩해졌다.

"정말이지 끝까지 영악하신 분이네요."

"너만 할까?"

"그럼 다음번에 다시 오시길."

라헬이 고개를 숙였고, 어둠은 사라졌다.

나는 아랑이를 배웅해 준 버스 정류장에 서 있었다.

손으로 목 언저리를 만졌다.

목걸이가 있었다.

비욘드 텅을 드디어 손에 넣었다.

'이제… 엄마의 병을 치료할 수 있어!'

"마인드 탭."

> 이름 : 유지웅
>
> 소속 : 지구, 대한민국
>
> 성별 : 남
>
> 나이 : 19
>
> 영력 : 7/7
>
> 영매 : 6
>
> 아티팩트 소켓 : 2/1
>
> 보유 링크 : 164

164링크? 그새 많이도 올랐네.

난 아티팩트 소켓을 터치했다.

팅.

아티팩트 소켓 : 2/1

착용 중인 아티팩트

—레이븐 링

보유 중인 아티팩트

—레이븐 링 : 레이브란데가 만든 반지. 반지를 착용한 자는 자신이 사들인 영혼의 능력을 타인에게 전이할 수 있다.

—비욘드 텅 : 레이브란데가 만든 목걸이. 링크로 사들인 영혼의 능력을 십수 배 이상 강화시킬 수 있다. 단, 강화 유지 시간은 30분이며, 하루에 한 가지 능력밖에 강화할 수 없다. 강화시킨 능력의 유지 시간이 끝나면 그날 하루는 그 능력 자체를 사용할 수 없게 된다.

아티팩트 소켓을 업그레이드하시겠습니까?

업그레이드 비용은 100링크입니다.

[Yes/No]

일단 지금 내 아티팩트 소켓이 하나인데, 구매한 아티팩트는 두 개다.

따라서 나중에 구매한 아티팩트는 힘을 발휘하지 못하니, 아티팩트 소켓부터 업그레이드를 시켜야 한다.

업그레이드 비용은 100링크.

지금의 내겐 100링크 정도는 그렇게 큰 금액이 아니다.

'Yes를 터치.'

팅―

눈앞에 환한 빛이 일었다가 사라졌다.

그러자 아티팩트 소켓이 두 개로 늘어나 있었다.

이번엔 비욘드 텅을 터치했다. 그러자 비욘드 텅의 사용법이 보였다.

[비욘드 텅]

강화하고 싶은 능력을 떠올린다. 만약 강화하려는 능력이 타인에게 양도된 경우, 그와 접촉을 하고 떠올려야 한다.

"사용법은 간단하네."

내 혼잣말에 카시아스가 즉각 대꾸했다.

"사용법이라도 간단해야 네 머리로 따라하지."

"넌 정말 사람 약 올리는 데 탁월한 재능을 가진 것 같다."

"칭찬 고맙군."

말을 말아야지.

마인드 탭을 살펴보고 아티팩트 소켓을 업그레이드시키는 동안 집으로 가는 버스가 도착했다.

난 그 버스에 몸을 실었다.

*　　*　　*

엄마는 오늘 아침부터 부쩍 좋아 보였다.

지금도 뭐가 그리 신 나시는지 부엌에서 콧노래를 부르며 반찬을 만들고 있었다.

"엄마~ 나 왔어."

"어디 갔다 왔어, 아들?"

"친구 좀 만나고 왔어."

"그렇구나."

"누나는?"

"누나도 친구랑 저녁 약속 있다고 나갔어~"

"저녁 약속은 무슨. 술 약속이겠지."

"너무 타박하지 말고, 그러려니 해. 일주일 내내 직장에서 늦게까지 야근하고 오는데 스트레스가 안 쌓이겠니? 그렇게라도 풀어야지."

"그래도 젊은 여자가 세상 무서운 줄 알아야지. 건강도 문제고 말야."

우리 누나는 엄청난 술고래다.

엄마는 술을 입에도 못 댄다. 아빠가 술을 좀 하시긴 하지만, 누나만큼은 아니다.

전에 한 번 누나가 술을 사 들고 와 집에서 먹는 걸 본 적이 있다.

혼자 마시기 심심하다며 나를 과자와 음료수로 꼬드겨 말동무 좀 해달라기에 그러자고 했다.

그런데 누나는 단 두 시간 동안 홀로 소주 세 병과 맥주 피처 두 개를 비웠다.

엄청나게 빨리, 많이 마셨는데도 그저 살짝 취기가 오른 상태로 잠을 청했다.

술 못 마시고 죽은 귀신이라도 붙었나 싶었다.

아무튼 누나도 밖으로 나가고 아버지는 새벽에나 들어오실 테니 오늘은 엄마랑 나랑 오붓하게 저녁을 먹게 되겠군.

하지만 그전에 먼저 해야 할 일이 있다.

난 엄마에게 다가가 손을 지그시 잡았다.

"응? 뭐 할 말 있어?"

"아니, 엄마 오늘 아침부터 계속 집안일하느라 고생하는 것 같아서 손 마사지라도 해주려고."

"나 참, 간지럽게 왜 이래?"

"가, 간지러워?"

사실 나도 엄마한테 이런 얘기를 하는 게 좀 그렇긴 하다.

평생 이런 말이라고는 해본 적도 없는 무뚝뚝한 인간이 하루아침에 변한다는 게 쉬운 일은 아니니까.

엄마도 적응이 어려울 테지.

그래도 싫지는 않은지, 엄마는 반찬 만드는 걸 잠시 미뤄두고 바닥에 엉덩이를 깔았다.

"그럼 한번 받아보자, 아들이 해주는 마사지."

"오케이."

난 자연스럽게 엄마의 손을 마사지해 주며, 비욘드 텅으로 강화하고 싶은 능력을 떠올렸다.

'라모나의 자가 치유력.'

내 염원이 비욘드 텅에 닿았다.

비욘드 텅에서 푸른빛이 새어 나와 내 손을 타고 엄마의 손 안으로 스며들었다.

이 역시 내 눈에만 보이고 엄마의 눈에는 보이지 않는 모양이었다.

푸른빛은 엄마의 팔을 타고 올라갔다.

팔뚝을 지나 어깨를 너머, 심장에 멈춰서더니 이윽고 사라졌다.

라모나의 자가 치유력이 강화된 모양이다.

내게 손 마사지를 받던 엄마가 고개를 갸우뚱거렸다.

"음?"

"왜 그래?"

"아니… 몸이 좀 시원해지는 기분이라서."

"추워?"

"추운 게 아니라 말 그대로 시원해. 정확히 뭐라고 해야 할지는 잘 모르겠고 아무튼 좋네?"

이건 확실히 능력이 강화되었기에 나타나는 현상 중 하나겠지?

어찌 되었든 엄마는 기분이 좋다고 했으니까.

제발 이번에는 빠른 차도가 있기를 간절히 바라며, 난 엄마의 손을 정성스레 안마해 주었다.

*　　*　　*

다음 날 눈을 뜨자마자 난 마인드 탭을 열었다.

그리고 들어온 링크를 확인했다.

이름 : 유지웅

…….

….

보유 링크 : 549

잠들기 전에 마지막으로 확인한 링크가 320.

아무것도 안 하고 잠만 잤는데 지금은 549로 늘어 있었다.

초반에 초스피드로 올라가던 링크에 비할 바는 아니지만 그래도 많이 오른 것이다.

이제는 동영상의 약발이 조금 떨어진 모양이다.

일단 영력을 9까지 업그레이드시켰다.

7에서 9로 업그레이드하는 데 든 총비용은 130링크였다.

아직도 419링크가 남았다.

250링크짜리 영혼 하나를 충분히 살 수 있는 돈이다.

"소울 스토어."

아침에 눈 뜨자마자 보통 세수를 한다던가?

나는 소울 스토어부터 접속했다.

*　　*　　*

라헬이 빙그레 미소 지었다.

"다시 한 번 설명해 달라구요?"

"응. 250링크가 필요한 그 영혼 둘. 저번에는 애초에 살 생각이 없어서 제대로 설명을 듣지 못했어."

"그러죠."

라헬은 두 개의 영혼 중 오른쪽 영혼을 가리켰다.

"이 영혼의 이름은 지그문트. 250링크와 9의 영력이 필요하죠. 지그문트의 능력은 아이언 스킨(Iron Skin). 강철의 피부를 가지고 있답니다. 사실 이건 지그문트가 어떤 무술을 연마해서 얻게 된 게 아니에요. 그냥 우연히, 정말 운이 좋게도 용병 노릇 하며 '샤사스의 궁금한 던전' 중 한 곳에 던전 탐사단으로 지원했는데, 그 던전에서 얻은 어떤 보물로 인해 아이언 스킨을 얻게 되었죠. 강철 피부인만큼 어지간한 충격으로는 작은 상처 하나 낼 수 없다는 거."

라헬이 그 옆에 있는 영혼을 가리켰다.

"이 영혼의 이름은 블랑. 링크와 필요 영력은 지그문트와 같아요. 블랑의 능력은 굉장한 창술이랍니다."

"굉장한 창술?"

"그렇죠. 블랑은 창을 상당히 잘 다루는 랜서(Lancer)였습니다. 기사는 아니지만 일반 병사 중에서는 제법 알아주는 사람이었죠. 그는 처음엔 어느 시골의 이름 없는 귀족 저택에서 문지기를 하고 있었지만, 그의 실력을 알아본 도시의 큰 귀족 듀나스 백작의 눈에 띄어 이후로 백작가의 사병이 되었더랍니다. 그의 뛰어난 창술은 그를 단 1년 만에 사병단장으로 승진시켜 주었죠. 그대로 아무 사고 없이 계속 정진했으면 기사의 작위를 손에 넣을 만큼 성장할 수 있었을 텐데 안타깝게도 사병단장이 된 그해, 그의 운이 다했죠. 죽음을 맞았다는 얘기예요. 제 설명은 여기까지입니다."

라헬이 두 영혼을 양손으로 하나씩 가리켰다.

"어느 영혼을 데려가실 건가요?"

지그문트와 블랑.

지그문트의 능력은 강철 같은 피부를 갖게 해주는 아이언 스킨. 블랑의 능력은 굉장한 창술이란다.

두 개 중에서 지금 내게 더 필요한 건 아이언 스킨이 아닐까?

세상 살다 보면 어떤 사고가 벌어질지 모르는 일이니, 강철 같은 피부를 갖고 있으면 상당히 괜찮을 것 같은데.

창술은 당장 어디 써먹을 데가 별로 없을 듯하다.

오히려 150링크로 살 수 있는 마르카스의 화 속성 초급 마법이나 레퀴른의 수 속성 초급 마법이 더 메리트 있는 것 같다.

'지금 나한테 400링크 이상이 남았으니 지그문트와 마르카스의 능력을 사는 게 좋겠어.'

그렇게 하기로 마음을 먹자마자 망설임 없이 말했다.

"마르카스와 지그문트의 영혼을 사겠어."

"왜요?"

"왜라니? 나한테 필요하니까."

"굳이 영혼의 힘을 사라는 법은 없어요. 300링크면 저번처럼 골드바를 사서 돈으로 바꿀 수 있다구요."

그렇게 말을 하는 라헬의 앞에 100g짜리 골드바가 나타났다.

"어때요? 구미가 당기지 않나요?"

이게 또 약을 팔려고 하네.

"그냥 영혼이나 내놔."

"칫, 매일 재미없게."

"뭐, 인마?"

"드리죠, 마르카스와 지그문트."

라헬이 두 개의 영혼을 밀었다.

서로의 밝기가 미세하게 다른 두 영혼이 내 몸으로 들어와 스며들었다.

이제 새로운 힘 두 개가 더 내 것이 되었다.

자고로 새것을 얻었으면 바로바로 사용해 봐야 하는 법.

라헬과 서둘러 작별을 고하고 소울 스토어에서 나왔다.

어둠이 사라지고 아침 햇살을 가득 품은 내 방이 나타났다.

난 내 몸을 훑어보고 손으로 만져 보기도 했다.

일단 겉보기에는 별 변화를 느끼지 못하겠다.

내가 새로 얻은 힘이 액티브 소울인지 패시브 소울인지 보기 위해 마인드 탭을 열고 영매 항목을 터치했다.

영매

패시브 소울 : 6

—강인한 육신[소라스]

—뛰어난 청력[파펠]

—완벽한 절대미각[리조네]

—뛰어난 요리실력[마르펭]

—뛰어난 민첩성, 근력[바레지나트]

—아이언 스킨[지그문트]

액티브 소울 : 2

—낭아권[무타진/소모 영력 1/재충전 5초]

—화 속성 초급 마법 번(Burn)[마르카스/소모 영력 5초당 1]

지금 가만 보니 내가 얻은 능력 앞에 붙는 형용사들이 같은 것도 있고 다른 것도 있다.

혹은 아예 붙지 않는 것도 존재한다.

아무래도 저 형용사들이 능력의 어떠한 기준을 나누는 것 같기도 하다.

일단 넘어가기로 하고.

아이언 스킨은 패시브 소울이고, 화 속성 초급 마법, 다른 말로 번은 액티브 소울이다.

번을 사용할 때는 5초당 1의 영력이 소모된다고 적혀 있다.

그런데 재충전 시간에 대한 건 명시되어 있지 않다.

"번은 재충전이 필요 없는 건가?"

혼잣말이었는데 갑자기 카시아스의 목소리가 들려왔다.

"그래."

"깜짝이야!"

놀라서 소리가 들린 쪽으로 고개를 돌렸다.

카시아스는 어느새 창문을 열고 방 안으로 들어와 책상 위에 앉아 있었다.

어쩐지 갑자기 춥더라.

카시아스는 내가 놀란 건 별로 관심도 없다는 투로 할 말을 이어나갔다.

"번은 네 영력이 제로가 됐을 경우, 다시 충전되면 얼마든지 제약 없이 사용할 수 있다. 낭아권처럼 스킬 자체에 재충전이라는 제약이 걸려 있지 않아."

"그건 좋네. 그런데 5초당 1의 영력이 소모된다는 건 정확히 무슨 뜻이야?"

"직접 한번 번을 사용해 보면 이해가 쉽겠지."

카시아스는 말하며 창밖을 내다봤다.

나도 따라서 창밖을 봤다.

보이는 건 그냥 마당과 담벼락이었다.

"네가 습득한 번은 화 속성 초급 마법 단계다. 그 단계에서는 자체적으로 불길을 일으킬 수 없지."

"뭐? 그럼 화염 마법이 무슨 소용이야?"

"대신 이미 발화된 불길은 컨트롤할 수 있다. 바람과 상관없이 네 마음대로 불길을 낼 수 있고, 작은 불씨를 크게 키울 수도 있지. 일단은 내가 작은 불씨를 만들어주마. 난 화 속성 최상급 마법 헬파이어(Hell Fire)의 단계를 익혔으니까, 이 정도는 아무것도 아니다."

그냥 도와줄 거면 조용히 도와주기나 할 것이지 꼭 자기 자랑을 끼워 넣는다.

아무튼 좋다.

지금은 내 능력 사용해 보는 게 더 급하니 넘어가기로 하고.

"잘 봐라."

카시아시가 말을 끝내는 순간 마당에 작은 불씨 하나가 타올랐다.

"이제 화 속성 마법을 시전해."

"어떻게?"

"번이라고 말하고 화염을 네 의지대로 조종해라."

"알았어."

난 불씨를 바라보며 시전어를 말했다.

"번."

그러자 그 작은 불씨가 내 정신의 일부와 동화되는 것이 느껴졌다.

난 불씨의 온도와 크기, 그리고 움직임을 마치 내 몸의 일부처럼 고스란히 느낄 수 있었다.

그리고 그 불씨를 내 능력으로 얼마나 키울 수 있는지, 바람의 영향을 무시하며 어디까지 불길을 컨트롤할 수 있는지도 느껴졌다.

'우선은 불씨를 키운다.'

내가 의지를 발하자 작은 불씨가 어른 주먹만큼 커졌다.

'불길을 조종한다.'

이번에는 위로 가지런히 타고 있는 불을 바람에 휘날린 것처럼 옆으로 늘어지게 만들어보았다.

불꽃은 내 의지대로 만족스럽게 움직여 주었다.

"하하!"

가슴이 벅찼고 나도 모르게 웃음이 터졌다.

내가 지금 마법을 사용하고 있다.

타오르는 불길을 내 마음대로 컨트롤하고 있다!

이건 말로 다 표현할 수 없을 만큼 신 나고 기분 좋은 일이었다.

지구에서 태어난 어느 누가 이런 마법을 시전할 수 있을 것인가?

난 새 장난감을 선물받은 어린아이처럼 불꽃을 이리저리 움직이고 부피를 키웠다 줄였다 하며 놀았다.

그러다 어느 순간, 갑자기 불이 확 하고 사라졌다.

"어?"

"45초가 지나서 영력이 전부 소모되었다. 때문에 마법도 시전할 수가 없지. 불은 내가 마법으로 만든 것이니 태울 수 있는 매개체가 없어, 자연 소멸한 것이고. 불을 계속 유지하고 싶다면 제한시간 내에 다른 매개체로 옮겨 붙여야 한다."

"아, 벌써 45초나 지났어?"

"그래. 아무튼 이제 번을 사용할 때 5초당 1의 영력이 소모된다는 것이 무슨 뜻인지 알겠지?"

"응."

현재 내 영력은 9.

따라서 5초에 영력 1을 소모하는 번을 연속으로 사용할 시 45초가 한계다.

45초가 지난 뒤엔 영력이 다시 차오르는 1분 뒤에야 사용이 가능하다.

하지만 영력은 1분에 1씩 차오른다.

따라서 1분을 기다렸다 바로 번을 사용하면 고작 5초밖에 불길을 다룰 수 없다.

아무튼 좋다.

이제부터 나는 마법사다.

현실을 살아가는 현대 마법사!

가슴 벅찬 타이틀이 아닌가?

"다음은 아이언 스킨을 시험해 봐야 하는데."

내가 말을 하자마자 카시아스가 입에 송곳을 물고 다가왔다.

"이걸 써라."

"…송곳은 갑자기 어디서 났냐."

"네 책상 서랍을 뒤졌지."

난 카시아스의 입에서 송곳을 빼앗았다.

"이걸로 내 살을 찌르라고?"

"아이언 스킨을 얻었으니 아무 이상 없을 거다."

"무리야."

"찌질한 겁쟁이처럼 굴지 말고 어서 해."

결국 카시아스의 성화에 못 이겨, 송곳으로 내 손등을 조준했다.

“이대로 찔러?”

“힘껏.”

아무리 그래도 이건 정말 두렵다.

난 눈 딱 감고 그대로 송곳을 손등에 찔러 넣었다.

그런데.

턱.

송곳이 무언가 단단한 물건에 가로막히는 느낌이 들었다.

아울러 송곳 끝이 닿은 손등은 별 느낌이 없었다.

눈을 떠보니 송곳 끝과 손등이 맞닿아 있었다.

난 송곳을 쥔 손에 더 힘을 주었다.

하지만 송곳은 내게 아무런 상처도 입힐 수 없었다.

“이거 진짜 신기하네.”

“괜히 아이언 스킨이겠냐.”

“그렇단 말이지.”

난 열려 있는 창틀에 왼손을 넣고 오른손으로 창문을 세게 닫았다.

콱!

찌이이잉—

“윽!”

피부에는 아무 이상이 없었다.

그런데 속이 아려왔다.

"뭐, 뭐야, 이거? 은근히 아프잖아?"

"당연하지. 아이언 스킨은 피부를 강철처럼 단단하게 해줄 뿐, 속살까지 그리 만드는 건 아니니까."

"하! 피부 믿고 몸 막 굴리다간 속병 나기 딱이겠네?"

"나중에 링크를 더 모으면 속까지 강철로 만들어진 놈의 영혼을 살 수 있겠지."

"흐으, 참 일찍도 말해준다."

학교나 가자.

Chapter 10
바레지나트의 원한

교문 입구에서부터 교실에 들어서는 순간까지 많은 학생이 날 보고서 수군거렸다.

딴에는 내가 자기들이 하는 말을 못 들을 거라 생각하는 모양이지만 나에겐 파펠의 청력이 있다.

조금만 귀를 기울이니 남학생, 여학생들이 나누는 이야기가 아주 잘 들렸다.

"저 오빠 맞지?"

"응. 그 동영상에서 양아치들 쫓아내던 오빠 맞아."

"장난 아니다. 기럭지 봐."

"얼굴도 제법 괜찮지 않아?"

"넘보지 마라, 내 거다."

"거울이나 보고 그런 얘기 해, 이년아."

"지랄. 지는?"

이건 두 여학생의 담화.

"야, 저 선배다."

"동영상 보니까 장난 아니던데."

"젓가락 박히는 거 봤냐?"

"존나 놀랐다. 근데 그거 조작이잖아?"

"이 새끼는 뭐만 하면 조작이래. 니 인생이 조작이다, 븅신아."

"야야. 그거 조금만 연습하면 다 해. 내가 아는 형은 동전도 박아."

"진짜?"

"그럼 비싼 밥 처먹고 거짓말 하겠냐?"

"근데 저 선배한테 처맞던 게 태진이 그 3학년 씹새끼 맞지?"

"씨팔, 속이 뚫리더라. 그 개새끼한테 삥 뜯긴 게 얼만데."

"삥이나 뜯기고 다니고, 병신."

"지는? 나는 그 새끼 그 아버지가 그, 뭐냐, 국가의원이라는 소문이 있어서 봐준 거야. 나라 큰일 하시는 분 아들이니까."

"국가의원? 국회의원이겠지. 국가원수랑 국회의원이랑 섞었냐? 어휴, 이 새끼 이거 열여덟 살 맞아? 우리나라의 미래가 어둡다."

"시끄러! 삥 뜯긴 새끼가."

"너도 뜯겼잖아!"

"에라이, 병신들아. 그러니까 나처럼 무술을 배워놓아야지. 낄낄낄."

"너 태권도 노란 띠잖아, 좆밥아."

"아 나, 이 어이없는 새끼. 어디 무적태권 햇병아리 같은 노란 띠가 나대? 넌 새끼야, 재수 좋아서 삥 안 뜯긴 거지, 재수 없어서 걸렸으면 제발 때리지 말아달라고 속옷까지 벗어줄 새끼야."

"아이 씹새들 진짜."

이건 2학년 남학생 세 명의 대화였다.

아주 어린놈들이 입이 상당히 걸지다.

아무튼 내 동영상이 어느새 학교 학생들한테도 다 퍼졌단 말야?

전부 다는 아니지만 학생의 삼분의 일 정도는 내 얼굴을 알아보고서 수군덕대기 바빴다.

*　　*　　*

교실에서 태진이의 모습은 볼 수가 없었다.

태진이 패거리의 일원이자 쌍둥이 형제인 상호, 상진이는 등교를 한 상황이었다.

결석을 해도 같이 하는 녀석들이 어쩐 일인가 싶다.

아니, 지금 남 생각할 때가 아니다.

교실에서의 상황도 교정과 다를 게 없었다.

남학생, 여학생 할 것 없이 하나같이 날 훔쳐보며 쑥덕대기 바빴다.

이미 우리 반엔 소문이 다 퍼진 모양이다.

근데 그 동영상이 그렇게까지 인기 있었으면 링크가 더 많이 올라가야 하는 거 아니야?

우리 학교 학생의 삼분의 일이 봤다는 건, 그들이 어디 이런저런 사이트를 돌아다니다가 우연찮게 그 동영상을 접했다는 뜻이다.

그럼 그 동영상이 제법 많이 퍼져 불특정 다수의 사이트에 업로드되었다는 얘기다.

설마 우리 학교 학생들만 동영상이 업로드된 사이트에 우연히 동시 접속해서 봤을 리는 없으니까.

하지만 오늘 아침 이후로는 링크가 들어오지 않고 있었다.

이렇게 극단적인 상황이 벌어질 수도 있는 건가?

내가 의아해하고 있을 때, 누군가 내 곁으로 다가와 어깨를 툭툭 쳤다.

"지웅아."

다들 내게 직접 말도 못 걸고 쑥덕대기만 할 때, 다정한 음성을 던져준 사람은 다름 아닌 아랑이었다.

"아랑아."

"동영상 봤어?"

"아, 너도 그 동영상 봤구나."

"응, 어땠어?"

"어떻긴."

"기분 나빴어?"

"아니. 기분 나쁠 게 뭐 있어. 조금 얼떨떨해서 그렇지 기분은 좋아."

그래, 이런 경험이 기본적으로 익숙지가 않은 인간이다, 나는.

사실 얼떨떨한 감정을 빼면 기분이 나쁘지 않다.

사람들이 나를 알아보고서 몰래 내 얘기를 하고 있다. 내가 모르는 사람들까지도 말이다.

그런데 그 얘기들이 하나같이 좋은 것뿐이다.

어떻게 기분이 나쁠 수가 있겠는가?

게다가 그 동영상이 화제가 되는 바람에 링크도 많이 벌었고, 그걸로 비욘드 텅을 사서 어머니에게 준 능력을 강화시킬 수 있게 되었다.

오늘도 아침에 라모나의 자가 치유력을 강화시키고 학교에 왔다.

뿐만 아니라 마르카스와 지그문트의 영혼도 샀다.

지금 심정으로는 동영상을 찍어 업로드한 사람에게 포옹이라도 해주고 싶다.

"그 동영상에서 뭐 이상한 거 발견 못 했어?"

"이상한 거?"

"응."

"글쎄?"

"나는 안 나왔잖아."

"응? 그러고 보니… 그랬던 것 같네?"

"동영상이 어디에 업로드됐었는지는 알아?"

"아니… 그냥 동영상 검색해서 하나가 뜨길래, 바로 보기 눌렀지."

"동영상 업로드한 사이트로는 접속 안 했고?"

"응, 귀찮아서."

"그거 우리 학교 홈페이지에 올라왔잖아. 우리들 이야기 게시판에."

"아, 그랬던 거야?"

가만… 우리 학교 홈페이지 게시판을 이용할 수 있는 건 현 재학생뿐이다.

졸업생들도 학교 홈페이지 게시판은 이용 불가하다.

그렇다면 동영상을 찍어 올린 것은 우리 학교 재학생이라는 얘기다.

한데 동영상에서 아랑이의 모습은 찾아볼 수가 없었다.

그렇다는 건…….

"설마 아랑이, 네가……?"

아랑이가 말갛게 웃으며 고개를 끄덕였다.

"응."

그럼 이 모든 것이 아랑이 덕분이란 말이야?

진짜 아랑이 넌 어떻게 얼굴만 예쁜 게 아니라 하는 짓까지 이렇게 예쁘니!

"고마워, 아랑아!"

덥썩!

난 아랑이를 그대로 껴안았다.

그토록 안아주고 싶었던 사람이 바로 너였구나!

"넌 천사야! 나한텐 로또 복권보다 더한 행운이야! 진짜 네가 있어서 다행이다!"

"…어? 어… 고마워."

"하하하!"

얼마나 기쁜지 웃음이 터져 나왔다.

그런데 아랑이는 그에 반해 너무 조용했다.

아랑이 뿐만이 아니다.

교실 전체가 정적으로 가득 찼다.

주위를 둘러본 난 그제야 적막의 원인이 나였음을 알아챘다.

"미, 미안!"

난 아랑이에게서 얼른 떨어졌다.

"아니… 괜찮아."

아랑이가 뺨을 붉게 물들인 채 말했다.

이게 무슨 미친 짓이지?

아무리 정신이 없고 날아갈 듯 기분이 좋아도 그렇지, 상대방 동의도 없이 와락 안아버리다니.

그것도 다른 사람도 아닌 아랑이를!

"기분 나빴지?"

난 안절부절못하며 아랑이에게 물었다. 당연히 아랑이가 화낼 줄 알았는데 그녀는 고개를 저었다.

"아니. 기분 나쁘지 않았어."

"지, 진짜?"

"응."

휴, 다행이다.

얼굴만큼 마음씨도 곱다니까.

"아무튼 고마워, 아랑아."

"뭐… 동영상 올린 거?"

"응. 그 동영상 덕분에 내가 제법 득을 본 게 좀 있거든."

"그래? 다행이다~ 근데 그 동영상 새벽에 확인해 보니까 지워졌더라구."

"왜?"

"아마 학교 위신 해친다는 이유에서겠지, 뭐."

하긴.

동영상엔 태진이의 얼굴과 내 얼굴이 그대로 담겨 있으니, 학교 측에서는 충분히 난감할 수도 있다.

게다가 태진이의 아버지가 시의원이니 그런 동영상이 퍼지지 않도록 주의를 기울여야 할 테지.

'그래서 링크가 더 들어오지 않는 거였어.'

동영상이 삭제되었으니 그것을 보는 사람도 없어졌을 테고, 당연히 링크는 들어오지 않게 된다.

잠시 동안 참 쏠쏠했었는데 아쉽게 됐다.

"아, 그리고 이번 주말에 우리 집 오기로 한 거 잊지 않았지?"

"응. 걱정 마."

그때 교실 앞문이 열리며 담임선생님이 들어왔다.

아랑이는 자기 자리로 가서 앉았다.

이후, H/R 시간이 끝날 때까지 난 남자 녀석들의 원망을 들어야 했다.

"감히 아랑이를 껴안아?"

"지웅이 저 새끼, 이제 보니 완전 색마였네?"

"아오… 내 여신을."

"진짜 부럽다, 개자식."

…청력이 뛰어나다고 마냥 좋은 것만은 아닌 모양이다.

* * *

학교가 끝나고 집에서 엄마가 손수 차려준 저녁을 먹은 뒤, 편의점으로 향했다.

홀로 카운터를 지키던 점장님이 나를 보자마자 반갑게 인사를 건넸다.

"지웅아! 오늘도 정해진 알바 시간보다 10분 일찍 나오는 의리! 너와 같은 알바생들이 있어서 편의점의 미래는 밝다!"

역시 언제나 파이팅이 넘치신다.

"별일 없었죠?"

"나한테는 별일이 없는데 유주한테는 별일이 있는 모양

이야."

"무슨 일이 있길래요?"

"어렵사리 내게 말한 유주의 고민을, 남에게 쉽사리 말하는 건 의리가 아니야! 난 말하지 않겠어! 유주에게 직접 물어봐라. 그것이 사나이가 정면 승부 하는 법! 여인을 대하는 예의!"

"아, 네. 그렇게 할게요. 그런데 그 고민이라는 게 많이 무거운 건가요?"

"아무래도 그렇겠지! 남녀 관계라는 건 늘 어려운 문제이며, 인륜지대사이니!"

"남녀 관계? 누가 유주 누나한테 고백이라도 했대요? 아니면 유주 누나가 누굴 좋아한대요?"

"어, 어험! 나, 난 모르는 일이야! 아무 말도 안 했어! …유주에게 말하지 않을 거라고 믿는다! 내 입은 진실을 단속하는 데 너무 취약하다! 하지만 너는 나와의 의리를 지켜줘야 돼!"

"네, 알았어요."

"그럼 난 바쁜 일이 있어서 이만!"

점장님은 유니폼을 벗고 후다닥 매장을 나섰다.

하여튼 단순하다니까.

그나저나 유주 누나한테 무슨 고민이 있는 걸까?

갑자기 궁금해졌다.

무엇보다 유주 누나는 모태 솔로이기에 더욱 궁금했다.

여태껏 유주 누나에게 고백을 해오는 사람은 많았다.

누가 봐도 예쁜 얼굴이고, 잘 웃어주니까 섣불리 다가와 고백했다가 차인 남자가 수두룩하다.

그리고 유주 누나는 누군가 자신에게 고백했다 차인 문제를 심각하게 생각하지 않았다.

그렇다면 이번엔 유주 누나의 마음에 누군가가 들어오게 되어버린 건가? 그게 아니고서야 연애 문제로 유주 누나가 힘들어할 리 없을 텐데 말이다.

'모르겠다. 이따 오면 은근슬쩍 물어봐야지.'

어쩐지 요새 교대할 때마다 평소와 달리 조금 무거워 보이더니, 그런 고민이 있었군.

딸랑.

편의점 문이 열리고 손님이 들어왔다.

20대 중반 정도로 보이는 남자였다. 그가 카운터로 다가와 말했다.

"시종 한 갑 주세요."

"네~"

'담배나 술을 팔 때마다 좀 찝찝하단 말야.'

아직 내 나이 열아홉이다.

이제 곧 졸업을 할 테고 두 달만 더 지나면 성인이 되긴 하지만 술, 담배를 살 수 없는 나이인 내가 편의점 알바를 하면서 그것들을 팔고 있으니 자주 위화감이 들곤 한다.

점장님이 착하셔서 부모님 동의서를 받아 온 덕분에 알바를 시켜주긴 했지만 찝찝한 느낌은 지울 수가 없다.

삑.

스캐너로 찍은 담배를 손님에게 건네주며 말했다.

"이천오백 원입니다."

그런데 그때였다.

> 바레지나트의 원한이 발동했습니다. 수락하시겠습니까?
>
> [Yes/No]

어? 이건 또 뭐야?

'바레지나트의 원한? 소라스의 소원처럼 영혼이 주는 퀘스트가 발동된 건가?'

이거 수락을 해야 돼, 말아야 돼?

수락을 해서 퀘스트를 완수할 경우 저번처럼 제법 많은 링크가 들어오겠지만, 실패하면 바레지나트의 힘을 잃게 된다.

바레지나트의 영혼이 내게 준 힘은 뛰어난 민첩성과 근력이다.

'일단 영혼이 내게 퀘스트를 던졌다는 건, 내가 그것을 수행할 수 있을 거라는 판단이 섰기 때문일 텐데.'

문제는 소라스의 소원에서도 그랬듯이 내가 퀘스트를 해결할 수 있을지 없을지를 판단하는 건 순전히 영혼 개인의 잣대라는 점이다.

그들의 판단이 틀렸을 땐 퀘스트는 실패하고 영혼의 힘은 영구적으로 소멸된다.

'이거 해야 돼, 말아야 돼?'

난 카운터 아래에서 잠들어 있는 카시아스를 슬쩍 바라봤다.

녀석은 내게 관심을 완전히 끊어버린 채 축 늘어져 좋은 시간을 보내고 있었다.

"여기요."

담배를 건네받은 손님이 3,000원을 내밀었다.

그것을 받고 오백 원을 거슬러 주기 위해 손을 내밀었는데.

팅—

"…어?"

내민 손의 위치가 하필이면 'Yes'와 같았고, 내 의지와 상관없이 퀘스트를 수락하고 말았다.

화아아아아악!

환한 빛이 일어 시야를 가리더니 이내 내 몸 전체를 잡아먹었다.

이윽고 전신에 커다란 진동이 일었다.

'으윽! 이건 정말 질색인데!'

롤러코스터를 타고 계속해서 밑으로 떨어지는 느낌.

토할 것 같은 울렁거림.

그 환영 못 할 기분을 한참 동안 느끼던 어느 순간, 갑자기 빛이 사라졌다.

*　　　*　　　*

"후우우."

절로 한숨이 나왔다.

이건 내 의지가 아니다.

바레지나트의 원한을 수락하려 했던 게 아니란 말이다.

그런데 실수로 수락해 버렸고, 이제는 돌이킬 수 없었다.

지금 난 어느 차가운 벽에 등을 대고 앉아 있는 것 같았다.

눈은 감긴 채였다.

이 눈을 뜨기가 두려웠다.

띠링!

—바레지나트의 원한 퀘스트를 수락하셨네요. 지금부터 지웅 님은

바레지나트의 세상을 가상 체험하게 될 거예요. 지웅 님 본인이 바레지나트가 되어서요.

젠장, 또 한 번 거지 같은 체험을 해야 하겠군.

—바레지나트의 기억을 인스톨할게요. 아시죠? 조금 어지럽다는 거.

여인의 음성이 끊어지자마자 바레지나트의 기억들이 강제로 흘러들어 왔다.

'우리가 누구냐! 블랙 와이번 용병단이다! 블랙 와이번은!'
'전장에서 죽고, 전장에서 산다!'
'람차크! 일거리 또 없어? 쉽고 비싼 걸로. 알지?'
'고블린 토벌 어때? 너희들 고블린 토벌 전문 용병단이잖아. 이참에 용병단 이름도 그냥 바꾸지 그래? 고블린의 저주로.'
'이번 일 끝나면 난 제이미에게 청혼할 거요!'
'푸하하하하! 엉덩이 걷어차이지나 마라, 바렌!'
'어? 입구가 막혔어!'
'미쳤어… 사방이 트랩 투성이야.'
'뭐가 어떻게 된 거야! 고블린 소굴이라더니!'

'고블린 소굴이 아니야… 여긴 던전이야.'

'다들 끝까지 살아남아라! 허락 없이 죽지 마!'

'모두 죽었어… 대장.'

'그래도 너는 살았잖냐, 바렌. 이제 이 지긋지긋한 던전도 끝이다.'

'단장! 황금 상자야!'

'고생 끝이 복이 온다더니! 바레지나트! 네 실력이 거지 같은 건 알고 있겠지? 그런데 끝끝내 너만 살아남았다 이거야! 그러니 내 곁에 딱 달라붙어 있어라. 네 운 끌어다가 나도 써야겠다. 너랑 붙어 다니면 절대 안 죽겠지? 게다가 황금 상자까지 발견했잖냐? 안에 뭐가 들어 있을까? 당연히 금은보화겠지! 저걸 챙겨서 어떻게든 밖으로 나간다!'

'…안 죽는다며. 뭐야, 이게… 나… 나 이번 일만 끝나면… 제이미에게…….'

띠링!

—바레지나트는 던전에서 살아 돌아가 제이미에게 고백하고 싶어해요. 불행하게 끝나 버린 바레지나트의 인생을 장밋빛으로 만들어줄 자신 있으시죠? 바레지나트의 인생이 본격적으로 망가지기 시작한 시점으로 보내 드렸으니, '소라스의 소원' 퀘스트 때보다는 주어진 시간이 많네요? 하지만 그게 꼭 좋은 것만은 아니라는 거~ 명심하세

요. 부디 건투를 빌겠어요~

"으윽……."

머리가 지끈거린다.

난 주마등처럼 밀려들어 온 기억들을 정리해 봤다.

바레지나트… 나는 천애고아다.

난 고아원에서 지내던 청소년 시절, 블랙 와이번 용병단 단장 하슬란의 손에 거두어졌다.

자연스레 블랙 와이번의 일원이 되어 그 안에서 검술을 배우며 자라났다.

블랙 와이번 용병단은 비록 큰 용병단은 아니지만 끈끈한 정으로 엮인 32명의 용병이 가족처럼 지내고 있었다.

단장 하슬란은 분에 넘치는 일은 맡지 않았다.

모두 블랙 와이번 용병단이 무난히 해결할 수 있는 일만을 맡아왔다.

그는 자신의 동료들을 진심으로 사랑했고 아꼈다.

이번에도 그가 길드 마스터 람차크에게 물어 온 일은 어렵지 않은 것이었다.

고블린 토벌.

그것은 우리 용병단이 늘 해오던 일이었다.

고블린들이 그다지 강하지 않은 몬스터이기도 했고, 무리를 지어 살긴 하지만 대규모도 아니었기 때문이다.

녀석들은 늘 땅속에 굴을 파서 생활한다.

우리는 그 굴속으로 쳐들어가 고블린 부족의 씨를 말려 버리곤 했다.

이번에도 그런 간단한 일일 거라 생각했었다.

그런데 굴속으로 들어가자마자 입구에서 거대한 폭발이 일었다.

폭발에 휘말린 우린 먼지 구덩이에 처박혀 기절했다.

정신을 차렸을 땐 세 명의 용병이 죽어 있었고, 열이나 되는 용병이 치명상을 입었으며, 입구는 막혀 버렸다.

하슬란 단장은 어떻게든 치명상을 입은 이들을 살리려 애썼다.

그러나 그들은 다 하루를 버티지 못하고 죽어버렸다.

하슬란은 죽어버린 동료들의 시체를 바라보며 소리 죽여 울었다.

나도 그 모습을 보며 울다 지쳐 잠깐 잠이 들었다.

그리고 지금 다시 정신이 들었다.

눈을 떴다.

벽에 걸어놓은 횃불 몇 개만이 어두운 동굴 안을 겨우 밝히고 있었다.

하슬란은 더 이상 울지 않았다.

그는 어두운 얼굴로 떠날 채비를 했다.

"가자."

그의 명령에 우리는 횃불을 챙기고 짐을 정비해 걸음을 옮겼다.

슬픔에 빠져 아무것도 못하면 이대로 모두가 죽는다.

살아야 했다.

'이 좆 같은 곳에서 반드시 살아 나간다.'

가슴속에서 울화가 치밀었다.

유지웅으로 살아갈 때는 한 번도 느껴보지 못했던 그런 지독한 감정들이 뒤섞여 화산처럼 폭발했다.

이건 바레지나트의 삶이 내게 전하는 감정이다.

이 던전에서 내 사지는 조각조각 찢겼다.

뱃가죽이 터지고 내장이 튀어나왔다.

그걸 내 눈으로 확인하면서도 비명조차 지르지 못했다.

짧은 시간 지옥 같은 고통이 밀려드는가 싶더니 눈앞이 어두워졌다.

'씨발! 개 엿 같은!'

더러운 기억이 떠올라 몸을 떨며 속으로 욕을 뱉었다.

'반드시 살아, 반드시! 용병은! 나 바레지나트는 전장에서 죽고, 전장에서 산다!'

이미 한 번 겪어봤던 삶.

어디에 어떤 트랩이 설치되어 있는지, 어떤 몬스터들이 습격하는지 모두 알고 있다.

게임으로 치자면 치트키를 쓰고 플레이하는 것과 마찬가지다.

난 앞서 가던 하슬란에게 다가가 말했다.

"단장, 내가 앞장설게."

"바렌?"

하슬란이 탐탁찮은 얼굴로 고개를 저었다.

"빨리 죽고 싶으면 네 손으로 모가지 따. 나한테 이런 식으로 부탁하지 말고."

"살려고 그러는 거야."

"안 돼."

"안 죽을게, 젠장!"

짜악!

하슬란이 내 뺨을 그대로 후렸다.

막을 수도, 피할 수도 있었지만 난 그것을 그냥 맞았다.

하슬란이 노한 얼굴로 날 노려봤다.

"내게 얼마나 많은 죗값을 더 얹어주려고 이 짓거리야, 이 빌어먹을 새끼야!"

"안 죽는다고."

"꺼져, 씨팔. 꼴도 보기 싫으니까."

하슬란이 몸을 돌리려 했다.

난 그런 하슬란의 멱을 잡아 내 쪽으로 되돌렸다.

그와 동시에 하슬란이 주먹을 날렸다.

하지만 난 그것을 손으로 막아냈다.

턱!

"……!"

하슬란의 놀란 시선이 내 얼굴과 내 손에 막힌 그의 주먹을 오갔다.

"믿어봐. 나뿐만 아니라 살아남은 식구들 어느 누구도 안 죽게 할 테니까."

"안 된다고 몇 번을……!"

난 오른손을 내 왼쪽 가슴에 대고 하슬란을 똑바로 쳐다봤다.

그러자 하슬란의 눈에 이채가 어렸다.

내가 태어나서, 아니 블랙 와이번 용병단이 된 이후 처음으로 보여준 영혼의 맹세일 것이다.

내 모든 것을 걸 테니, 부디 나를 믿어달라는 블랙 와이번 용병단의 제스처.

하슬란은 한참 동안 날 바라보고만 있었다.

그러자 부단장 베스퍼가 다가와 고민하는 하슬란에게 어깨동무를 했다.

"저렇게까지 나오는데 믿어주지? 딱 한 시간만 앞장서게 해봐."

"가볍게 정할 일이 아니야."

"바렌도 가볍게 하는 말은 아닌 것 같은데?"

하슬란이 또다시 고민했다.

그러다가 못마땅한 듯 말했다.

"조금이라도 병신같이 굴면 뒤로 보낸다."

"얼마든지."

하슬란의 허락을 얻어내 겨우 선두에 설 수 있었다.

그럼 이제… 살아서 나갈 시간이다.

Chapter 11
던전의 끝

"멈춰."

지금까지 걸어온 것과 별다를 것 없는 통로 앞에서 내가 말했다.

날 따라오던 동료들이 일제히 멈춰 섰다.

"무겁게 깔린 네 목소리가 쪽팔리지 않으려면 통로에 뭔가 있어야 할 텐데, 그치?"

베스퍼가 짓궂게 말했다.

난 대답 대신 돌멩이 하나를 들어서 던졌다.

텅.

돌멩이가 멀리 날아가 바닥에 떨어지는 순간.

슈슈슈슈슉!

좌우의 벽과 바닥에서 뾰족한 창 수십 개가 튀어나왔다.

"와우!"

"벌집될 뻔했네."

전생에서는 용병단원 중 가장 촐싹대는 마젤란이 괜한 호기를 부린답시고 하슬란을 지나쳐 가다가 벌집이 되었었다.

그리고 그런 마젤란을 위험하다며 말리러 쫓아가던 카발도 온몸에 바람구멍이 나고 말았다.

"눈썰미가 제법이잖아, 바렌?"

어느새 마젤란이 다가와 자신의 어깨로 내 어깨를 툭 치며 말했다.

"앞으로 더 위험한 트랩이 많이 있을 테니까 잠자코 따라와."

"옛썰!"

마젤란은 내가 자기 목숨을 구했다는 걸 전혀 모르고서 여전히 활기찼다.

그래, 저런 사람이라도 있어야지.

마젤란이 아니었다면 지금쯤 우리들은 집단 우울증에 걸렸을지도 모를 일이다.

블랙 와이번 용병단원 중 제일 정신없고, 속없어 보이는 마젤란이지만, 사실 그는 스스로의 감정을 가장 잘 컨트롤할 줄 아는 남자다.

나는 그가 인상 한 번 찌푸리는 걸 본 적이 없다.

슬플 때도, 괴로울 때도, 아플 때도, 그는 늘 웃었다.

지금도 찢어지는 가슴을 감추고서 이렇듯 광대 노릇을 하고 있는 것일 테지.

"지금 술 처먹고 취한 인간 없지? 비틀거리다 창에 스치면 중독돼서 열 걸음 걷기도 전에 뒈지니까 조심해."

"창에 독이 발라져 있어? 그건 어떻게 알았냐? 진짜야?"

그렇게 묻는 건 로이였다.

아이러니하게도 전생에서 창에 스쳐 중독되어 죽었던 인간이 바로 그였다.

"궁금하면 스쳐 보든가."

로이가 질색하며 고개를 저었다.

난 사위에서 튀어나온 창끝을 조심조심 피하며 앞으로 나아갔다.

* * *

던전은 복잡한 미로였으며, 어마어마한 트랩들로 가득했다.

그러나 난 앞장서서 우리가 가야 할 길을 명확하게 제시했고, 위험한 트랩들도 모두 간파해 냈다.

이미 전생에서 이 던전을 수십 일 동안 헤맸고, 온갖 트랩을 다 건드리며 살아남았다.

그리고 그 기억들은 내 머릿속에 명확히 박혀 있다.

운이 좋았던 거다.

내가 다른 용병들보다 나은 거라곤 민첩성과 근력뿐인데, 그게 날 살렸다.

재빠른 반사 신경과 무식한 힘이 트랩을 피하고, 막아내는 데 도움이 될 줄은 몰랐었다.

던전을 헤쳐 나간 지 오 일째.

스물 남짓한 동료는 단 한 명도 죽지 않았다.

이제는 그들도 내 말을 완벽하게 신용했다.

하지만 하슬란은 너무나 능숙하게 던전을 헤쳐 나가는 날 미심쩍게 보고 있었다.

그래, 나 같아도 이상하겠다.

누군가의 계략으로 갇히게 된 던전을 제 집 앞마당처럼 헤쳐 나가니, 충분히 이상하게 볼 만하지.

오늘도 잠을 자고 눈을 뜨자마자 곳곳의 트랩을 피해가며 10킬로미터 정도를 걸었다.

좁은 통로가 끝나고 넓은 공터가 나와, 우리는 그곳에서 잠시 쉬어가기로 했다.

난 주머니에 넣어두었던 육포를 꺼내 질겅질겅 씹었다.

다른 동료들도 말린 과일이나 건육 따위를 씹으며 허기를 달랬다.

서로 간에 오가는 말이 없던 와중, 카발이 툴툴댔다.

"근데 진짜 람차크 그 새끼 미친 거 아니야? 뭐? 고블린 토벌? 이게 C-급 일이라고?"

람차크는 우리와 제법 안면을 트고 지내던 발탄 시의 길드 마스터다. 그는 고블린 토벌 건이 들어올 때마다 늘 우리에게 먼저 일을 맡겼다.

이번에도 그런 일인 줄 알고 있었다.

그래서 아무 의심 없이 이곳으로 들어왔다.

그런데 입구에 들어서는 순간 의문의 폭발이 일었고, 입구가 막혔다.

폭발에 휩쓸린 동료 열세 명이 죽었다.

통탄스런 노릇이다.

"애초부터 누군가 우리를 노리고 람차크에게 그런 의뢰를 한 거다. 우리는 보기 좋게 걸려든 거고. 입구에서의 폭발 역시 우리를 이곳에 몰아넣은 쳐 죽일 놈들이 미리 준비해 뒀던 것일 테지."

하슬란의 말이었다.

"이야, 똑똑하네, 우리 단장. 그걸 미리 좀 알려주지 그랬어?"

베스퍼가 하슬란에게 빈정댔다.

하지만 딱히 악의가 있어서 그러는 게 아니라 그의 스타일임을 알기에 누구도 베스퍼를 질책하지 않았다.

"대체 누가 그런 짓을 한단 말야?"

블랙 와이번 용병단의 유일한 여자 용병, 수이트란체가 물었다.

하지만 아무도 그 물음에 답을 내놓을 수가 없었다.

나 역시 마찬가지였다.

내가 아는 과거의 마지막은 이 던전 안에서 끝나고 마니까.

'이 일의 배후엔 어떤 음모가 있는 걸까.'

단순히 던전을 나가는 것만으로 끝날 일이 아니다.

난 살아남은 동료들과 이 던전을 무사히 나갈 것이고, 우리에게 함정을 판 놈들을 찾아낼 것이며, 마지막으로 제이미에게 청혼을 할 것이다.

반드시.

* * *

트랩은 그 종류도 많고 가지각색이었다.

땅이 꺼지고 커다란 바위가 굴러 오는가 하면, 독화살이 날아들고 살상 가스가 흘러나왔다.

난 그 모든 트랩에서 동료들을 지켜냈다.

던전을 헤맨 지 열흘.

이제 거의 모든 트랩을 다 건너왔다.

하지만 그렇다고 던전이 안전한 건 아니다.

트랩이 끝났으니 앞으로는 몬스터들과 맞닥뜨리게 될 것이다.

그것도 보통의 몬스터가 아니라, 죽음에서 살아 돌아온 언데드 몬스터들과 말이다.

언데드 몬스터는 생각만해도 치가 떨리는 끔찍한 놈들이다.

전생에서 난생처음 놈들을 상대해 본 나로서는 어떻게 싸워야 하는지 몰라 고전을 면치 못했다.

아무리 썰어도 살아나고, 몸이 조각나도 달려드는 그 저주받은 존재들을 당할 재간이 없었다.

게다가 당시엔 거의 모든 동료가 죽은 상황이었다.

구사일생의 사투 끝에 언데드 몬스터 공략법을 알아냈지만, 그땐 이미 너무 지쳐 있었다.

살아남은 용병들은 무작정 몬스터를 피해 도망 다녀야 했고, 결국 최후의 최후까지 목숨을 부지한 건 나와 하슬란 단장, 둘뿐이었다.

그러나 우리 둘도 결국 던전의 끝자락에 다다라서 죽고 말았다.

이제는 그 모든 죽음을 되갚아줄 때다.

"모두 무기 들어."

직선으로 길게 뻗은 통로가 저 앞에서 우측으로 꺾여 있었다.

바로 저곳이 경계다.

저 모퉁이를 돌아서면 그때부터 언데드 몬스터들의 영역이다.

스르릉.

나도 검을 뽑았다.

유지웅은 검술에 대해 아무것도 모르지만 바레지나트는 용병으로 살며 숱하게 검을 잡아왔다.

뛰어난 검술을 자랑하는 건 아니지만 내 특유의 민첩성과 근력으로 실력에 비해 괜찮은 전투력을 발휘할 수 있다.

"다들 긴장해. 모퉁이 너머에 안 좋은 기운이 득실거려."

사실 스켈레톤 군단이 진을 치고 있다고 말해주고 싶어 입이 근질거린다.

하지만 네가 그걸 어떻게 알았느냐 따지고 들면 할 말이 없기에 참았다.

"달려!"

내가 달리자 용병들도 따라 달렸다.

난 선두로 나서서 모퉁이를 돌자마자 검을 난폭하게 휘둘렀다.

아직 넓은 통로엔 아무도 없었다.

하지만 흙바닥을 파헤치며 수십 마리의 스켈레톤이 솟구쳐 올랐다.

"으아아아아압!"

퍼걱!

멋대로 휘두르던 내 눈먼 검에, 선두에 서 있는 스켈레톤 한 마리의 머리가 작살났다.

하지만 스켈레톤은 그 정도로 죽지 않는다.

콰직! 콰득!

난 쓰러진 스켈레톤의 사지를 밟아 부러뜨렸다.

이렇게 해놓아야 놈들이 다시 움직이지 못한다.

놈들은 허리가 잘려도 두 팔이 붙어 있으면 땅에 상반신을 붙인 채로 검을 휘두른다.

상대하기 아주 거지 같은 놈들이다.

"죽어, 이 새끼들아! 낭아권!"

내가 쓰러뜨린 스켈레톤을 짓밟으며 달려든 다른 스켈레톤에게 낭아권을 시전했다.

유지웅일 때와는 비교도 안 될 만큼 거대한 주먹이 날아갔다.

쐐애애애액! 퍽!

낭아권에 맞은 스켈레톤은 그 자리에서 가루가 되어 전투불능이 되었다.

난 다시 검을 쥐고서 횡으로 크게 휘두르며 앞으로 나아갔다.

스켈레톤들은 녹슨 검을 들고서 내 공격을 막으려 애썼다.

하지만 소용없는 일이다.

지금의 난 무서울 게 없었다.

전생에서야 우리 쪽 동료들의 수도 적고 내가 믿을 거라곤 조금 다룰 줄 아는 칼 한 자루와 남들보다 뛰어난 민첩성, 근력뿐이었다.

그런데 지금 내 피부는 녹슨 검으로는 기스도 못 낼 아이언스킨이다.

거기에 소라스의 강인한 육체로 인해 몸은 안팎으로 더욱 단단해졌다. 근력도 업그레이드됐다. 뿐만 아니라 낭아권을 사용할 수 있으며 불씨만 있다면 화 속성 초급 마법도 시전 가능하다.

그런 상황이니 겁이 사라졌고, 대신 용기가 자라났다.

"다 죽어, 이 새끼들아!"

난 크게 외치며 쉴 새 없이 스켈레톤들을 도살해 나갔다.

내게 1차적으로 조각이 난 스켈레톤들은 다른 용병들에게 산산조각이 났다.

그렇게 수십 마리의 스켈레톤과 전투를 펼쳤고, 삼십 분이 흐른 뒤에 더 이상 움직일 수 있는 스켈레톤은 존재치 않았다.

그리고 나를 비롯한 동료들은 누구 한 명도 죽지 않았다.

*　　*　　*

"솔직히 놀랐다."

하슬란이 내 뒤를 바짝 따라붙어 걸으며 말했다.

"뭘 말이에요?"

"네가 그런 실력을 숨기고 있을 줄은 몰랐어."

"사람이 숨기고 사는 게 하나쯤은 있어야 매력 있는 거 아니겠수?"

"…너, 바렌이 맞는 거냐?"

하슬란이 날 의심하기 시작했다.

사실대로 말하자면 100퍼센트 토종 바레지나트는 아니다.

지금의 난 헤슬베니아 왕국 시민 바레지나트가 맞지만 유지웅의 인격도 섞여 있다.

"그럼 내가 귀신이라도 됩니까?"

괜히 뜨끔해서 오히려 당당하게 받아쳤다.

하슬란은 그 이후로 입을 다물었다.

그리고 우리는 두 번째 언데드 몬스터 좀비 군단과 맞닥뜨리게 되었다.

*　　*　　*

어떻게 보면 좀비들은 스켈레톤보다 처리하기가 더 쉽다.

모가지를 자르거나 대가리를 박살 내면 끝이다.

한데 상대하기가 뭣 같은 이유는, 놈들에게 물리면 그 사람도 좀비가 되어버리기 때문이다.

그러나 난 좀비가 될 걱정이 없었다.

좀비가 날 물어봤자.

와득! 콰자자자작!

지금처럼 아이언 스킨으로 인해 제 이빨만 나가 버리기 때문이다.

“이빨이나 닦고 입으로 애무하든가!”

내 손에 들린 검이 신명나게 휘둘러졌다.

서걱!

방금 내 어깨를 문 좀비의 목이 깔끔하게 잘렸다.

난 바닥에 떨어진 좀비의 대가리를 발로 밟아 터뜨렸다.

퍼석!

머리를 잃은 몸뚱이는 힘을 잃고 쓰러져 작은 경련을 일으키다가 굳었다.

그 사이 세 마리의 좀비가 지척에 다다랐다.

한 놈은 낭아권으로 대가리를 아작 내고.

“낭아권!”

퍼걱!

또 한 놈은 머리를 세로로 잘라 버리고.

서걱!

그 뒤에서 비틀거리는 마지막 한 놈은 손으로 머리를 잡아 그대로 끌어 내리면서 니킥!

퍼걱!

이런 식으로 처음부터 끝까지 초지일관 머리만 노리면 끝이다.

물론 이런 방식은 아이언 스킨으로 안전지대에 있는 내게만 해당되는 것이다.

동료들은 좀비에게 물리지 않으려고 고군분투하고 있었다.

그래서 내가 더 열심히 싸워야 했다.

좀비를 최대한 빨리 처리할수록 동료들이 살아날 가능성이 높아진다.

"으아아아아압!"

미래를 모두 알고 있으며 전보다 훨씬 강해져 돌아온 내게, 이 던전은 더 이상 죽음의 장소가 아니었다.

*　　　*　　　*

스켈레톤 다음엔 좀비, 그다음엔 구울, 마지막엔 그 세 언데드 몬스터가 다 나와서 설쳐 댔다.

하지만 모든 언데드 몬스터의 공격을 무력화시키는 아이언 스킨으로 인해 난 무적자처럼 전장을 휩쓸고 다녔다.

그 덕분에 언데드 몬스터는 그 수가 아무리 많다고 한들 내겐 아무 의미 없는 적이었고, 전투는 일방적일 수밖에 없었다.

결국 전생에서는 나와 하슬란만 도착할 수 있었던 던전의 마지막 공동에 입구에서 살아남은 모든 이가 함께하게 되었다.

우리는 공동에서 잠시 눈을 붙였다.

잠에서 깬 다음엔 배를 채웠고, 그다음엔 이야기를 조금 나눴다.

한데 이야기의 주제는 대부분이 나에 관한 것이었다.

그럴 만도 했다.

내 동료들에게 지금 나는 인간이 아닌 존재로 비추어지고 있었으니까.

처음엔 하슬란만 날 의심했지만 이제는 모두가 날 의심하고 있었다.

"너 바렌 아니지?"

베스퍼가 거의 확정적으로 얘기했다.

난 그 말을 긍정했다.

"응. 바렌은 아니고 바레지나트야."

"말장난하자는 거 아니다."

"말장난 같아 보여?"

"…설명 좀 해봐."

베스퍼는 나와 입씨름을 해봤자 도움될 게 아무것도 없다는 걸 깨닫고서 한발 물러났다.

그러자 동료들의 궁금증 가득한 시선이 내게 집중되었다.

이런 상황에서 아무 말도 안 하고 넘어가면 나에 대한 신뢰가 막판에 깨질지도 모른다.

그렇게 돼선 안 된다.

결국 거짓말을 해야만 했다.

"요즘 잠들 때마다 미래를 보게 된다면 믿겠어?"

"뭐, 이 미친놈아?"

수이트란체, 넌 다 좋은데 여자가 너무 입이 거칠어.

"꿈에서 미래를 보게 된다고."

"그게 말이 돼?"

"말이 안 되면 이 상황은 어떻게 설명할 건데? 엉? 혹시 이 던전을 시공한 게 나라고 말할 셈이야? 그거 네가 밤일 잘한다는 농담보다 더 재미없는 거 알지?"

"푸하하하하하!"

내 말에 갑자기 마젤란이 배를 잡고 웃었다.

그러자 수이트란체가 도끼눈을 하고 소리쳤다.

"내가 밤일 잘한다는 건 농담이 아니잖아, 마젤란!"

"난 농담 같은데."

순간 카발이 마젤란에게 소리쳤다.

"너 이 새끼, 수이랑 배꼽 맞췄어?!"

마젤란은 눈을 이리저리 굴리다가 한 손으로 자신의 머리를 딱! 쳤다.

"도통 기억이 안 나는걸?"

그러자 베스퍼가 낄낄댔다.

"했네, 했어."

카발이 붕 날아 마젤란을 덮쳤다.

"수이에 대한 내 마음을 아는 놈이!"

"케켁! 카, 카발. 목은 놓고 얘기해."

그러자 수이트란체가 눈을 동그랗게 떴다.

"뭐야, 카발. 너 나 좋아해?"

카발은 죽어버리란 심정으로 목 조르던 마젤란을 옆으로 집어 던지고서 수이트란체를 바라봤다.

"좋아하면 뭐! 그러면 안 돼?"

"아니, 돼."

"…어?"

"우리 사귀자."

"…어?"

"오늘 밤에 죽여줄게, 내가."

"…어. 바라는 바야."

갑자기 두 사람 사이에 묘한 기류가 흘렀다.

그런데 마젤란이 갑자기 끼어들었다.

"그래, 카발. 밤에 웃겨 죽을지도 몰라. 수이의 테크닉은 유아 수준이거든."

"죽인다, 마젤란!"

"꺼져, 멍청아!"

마젤란은 결국 카발과 수이트란체에게 엉덩이를 걷어차였다.

그렇게 한바탕 소란이 이는 바람에 결국 나에 대한 이야기는 더 깊이 있게 이어지지 못했다.

그리고 이 소동을 일으킨 사람은 다름 아닌 마젤란이었다.

그는 나와 눈이 마주치자 익살스러운 얼굴로 윙크를 날렸다.

하여튼 사람이 너무 좋다니까.

* * *

마지막 쉼터인 공동에서 나와 외길로 이어지는 통로를 죽 걸었다.

통로의 끝엔 작은 철문이 달려 있었다.

그것을 밀고 안으로 들어갔다.

그러자 우리가 쉬었던 장소보다 더 작은 공동이 나타났다.

뭐, 공동의 사이즈는 어찌 되었든 상관없었다.

중요한 건 공동의 중앙에 황금 상자가 놓여 있다는 것이었다.

"고생 끝에 낙이 온다더니… 저 상자 안엔 금은보화가 들어 있겠지?"

마젤란의 말이었다.

하지만 난 그의 말에 동의할 수 없었다.

저 상자는 여는 즉시 우리를 저승으로 안내할 것이다.

전생에서 나와 하슬란은 상자의 뚜껑이 열리는 순간 엄청난 폭발에 휘말려 죽고 말았다.

"다들 나가 있어."

잔뜩 갈린 내 목소리가 음울하게 공동을 울렸다.

"나가 있으라니?"

수이트란체가 물었다.

"여기 있다간 죽어."

"누구한테? 너한테?"

"달콤한 사탕한테."

내가 눈짓으로 황금 상자를 가리켰다.

"이 새끼야, 너 혼자 다 처먹으려는 거 아니야?"

던전의 끝까지 오면서 여태껏 단 한마디도 하지 않았던 바스토가 소리쳤다.

그가 다른 용병들을 제치고 내게 성큼성큼 다가오며 입을 놀렸다.

"인생 골로 갈 뻔한 거 겨우 넘겨서 여기까지 왔더니, 갑자기 먹을 거 보자마자 나가라고?"

바스토가 코앞까지 다가섰다.

"이 또라이 새끼가 누굴 호구로 아나!"

하, 씨팔 진짜.

이 새끼는 말로 해선 안 되겠다.

내 주먹이 번개처럼 뻗어나갔다.

퍽!

"억!"

안면을 맞은 바스토가 뒤로 죽 날아가 나뒹굴었다.

바스토의 코가 주저앉았고, 쌍코피가 줄줄 흘러내렸다.

"바스토, 이 미친 새끼야. 까고 말해서 내가 동료들 다 살려서 여기 오는 것보다 혼자 오는 게 더 쉽거든? 저거 혼자 차지할 생각이었으면 뭣하러 그랬겠냐? 대가리가 그렇게 안 돌아가?"

"……."

"그 모양이니까 놀음판에서 만날 호구 노릇하다 오는 거야, 병신아. 멍청하면 입이라도 겸손해야지. 오래 살고 싶으면 여기 나가서도 혀 단속 잘해라."

한마디 독하게 쏘아붙이고서 황금 상자로 다가갔다.

"마지막 경고야. 다 나가, 날 믿는다면."

"…나가자."

하슬란이 말했다.

그의 한마디는 와이번 용병단원들에게 절대적이었다.

모든 사람이 나가고 나서, 나는 목에 걸고 있던 비욘드 텅을 그러쥐었다.

이것은 한국의 유지웅이 얻게 된 물건이었으나 바레지나트에게도 그대로 적용되었다.

유지웅은 오늘 아침 엄마에게 비욘드 텅의 능력을 사용

했다.

하지만 바레지나트는 던전에 들어와서 단 한 번도 비욘드 텅의 능력을 사용하지 않았다.

그러니 분명 효과가 있을 것이다.

난 비욘드 텅으로 강화시키고 싶은 능력을 떠올렸다.

'지그문트의 아이언 스킨.'

내 의지는 비욘드 텅에 전달되었고, 육각 모양의 펜던트가 빛을 발했다.

그 빛은 내 피부를 뚫고 심장 속에 스며들었다.

아이언 스킨이 십수 배 이상 강화된 것이다.

"이제 됐어. …연다."

두 손을 황금 상자에 얹었다.

이 던전은 고대 유라시어스 시대에 만들어진 페이크 던전일 가능성이 컸다.

유라시어스 시대를 살아가는 왕들은 죽어서 무덤에 묻힐 때, 자신의 재물을 함께 묻으면 그것을 저승에서도 쓸 수 있다고 믿었다.

한데 그 때문에 왕릉이 도굴꾼들이나 트레저 헌터에게 파헤쳐지는 경우가 많았다.

그래서 왕들은 머리를 썼다.

도굴꾼과 트레저 헌터를 유인할 페이크 던전을 만든 것

이다.

그리고 만약 자신이 죽으면 그곳에 묻혀 있다 공표하라 명을 내리는 것이다.

하나, 왕은 정작 보물과 함께 다른 곳에 묻히게 되고, 페이크 던전 안에는 금은보화 대신 온갖 트랩과 언데드 몬스터들이 드글거리게 된다.

'그런 이야기를 길드 마스터 람차크가 언젠가 해줬었지.'

절대 페이크 던전에는 가지 말라고 신신당부했던 것도 그다.

그런데, 그랬던 그가 우리에게 거짓 의뢰를 떠넘겨 페이크 던전에 갇히도록 만들었다.

람차크가 이 일에 대해서 몰랐다는 건 말이 안 된다.

그 늙은 너구리는 눈치가 백 단이다.

산전수전 다 겪은 수전노이면서, 어디에 붙어야 훗날이 편할지 귀신같이 아는 사람이다.

'여기서 나가면 람차크 당신부터 찾아갈 거야.'

상자를 쥔 손에 힘을 주었다.

덜컥.

상자 뚜껑은 어렵지 않게 열렸다.

이윽고.

콰아아아아아아아아앙!

전생에서와 마찬가지로 엄청난 폭발이 일어났다.

"번!"

난 그와 동시에 화 속성 초급 마법 번을 시전했다.

그리고 나를 확 덮쳐 오던 불길을 조종했다.

쿠르르르르르르르!

"끄으으으으윽!"

폭발의 여파가 워낙 심해서 파도처럼 밀려드는 불길을 조종하기가 쉽지 않았다.

내 피부는 아이언 스킨으로 보호받았지만, 충격파가 온 몸을 두들겨 댔다.

그것을 견디지 못한 내 몸이 뒤로 날아갔다.

그 와중에도 불길을 가까스로 제압하다가 벽에 등을 부딪혔다.

콰아앙!

"커헉!"

뱃속의 장기가 다 끊어져 나가는 기분이다.

"…나트!"

"괜… 아?!"

"열리… 큭! 문이……!"

고막이 터질 것 같은 폭음 속에서 동료들의 목소리가 간헐적으로 들려왔다.

파펠의 청력 덕분이었다.

화르르르르르륵!

상자에서 튀어나온 화염이 동공 안을 가득 채우고 끊임없이 날 잡아먹으려 했다.

내가 지금 번을 다룰 수 있는 시간은 단 45초.

제발 그 안에 모든 것이 다 끝나주기를 바라는 순간.

"떨어져!"

내 고함과 함께.

콰아아아아아앙!

한 번의 폭발이 더 일었다.

"끄으으으으아아아아아아아악!"

전보다 더한 충격파가 내 몸을 화염과 함께 짓눌렀다.

콰드득! 콰득!

벽 속으로 몸이 박혀 들어갔다.

전신의 뼈가 부서져 나가는 것 같았다.

그리고… 정신을 잃었다.

Chapter 12
가장 소중한 것

"…렌!"

누군지 모르겠지만 아직 해가 뜨지 않았다면 그냥 놔두고, 해가 떴다면 늦잠 자게 놔둬.

눈을 뜨고 싶어도 내 의지와 달리 계속 몸이 축축 처진다고.

"힐링 포션! 개새끼들아! 아끼지 말고 모조리 다 갖고 와!"

"그게 다야! 우리가 이 마당에 뭐한다고 그걸 숨겨, 씨팔!"

뭐야, 단장? 왜 베스퍼랑 싸우고 있어?

"너 이 씨팔새끼야! 이렇게 뒈지면 가만 안 둬! 가만 안 둔

다고!"

시끄러워, 단장. 귀청 떨어지겠네. 안 그래도 조금 전에 폭음 때문에 얼얼해 죽겠다고.

"…하라고! 외상은 괜… 근데… 장기가……!"

뭐지?

왜 말을 그렇게 해, 마젤란.

중간중간 끊어먹지 말고 똑바로 하란 말야.

"살아……! …지나트!"

살아? 지나트? 아… 나? 살아나라고? 걱정하지 마. 죽은 게 아니라 자고 있는 거니까.

그런데 마젤란, 너 울어?

왜 이래, 답지 않게. 그냥 웃어, 평소처럼. 네가 울어버리면, 분위기가 축축 처진단 말야.

그리고 내 몸도 더… 축축 처지잖… 아.

* * *

덜컹덜컹.

몸이 배긴다.

불규칙적으로 덜컹거리는 진동에 정신이 들었다.

"……."

눈을 뜨자 가장 먼저 들어온 건, 상당히 낮은 어딘가의 천장이었다.

아… 혹시 마차인가?

"바렌! 정신이 들어?"

수이트란체의 목소리가 들렸다. 이어 그녀의 얼굴이 시야에 들어왔다.

"이 멍청아!"

수이가 눈물을 흘리며 날 끌어안았다.

"흐으윽! 진짜 죽는 줄 알았단 말이야아!"

난 수이트란체의 머리를 쓰다듬어 주고 싶었다. 하지만 몸이 도통 말을 듣지 않았다.

"……."

그리고 목소리도 나오지 않았다.

보이고, 들리고, 느껴지는데, 왜 목소리만 나오지 않는 거지?

억지로 입을 벌리고 힘껏 소리쳤다.

"아… 아아……."

그게 다였다.

내 입에서 흘러나온 것은 고함이 아니라 신음에 가까웠다.

"흐아… 으아앙! 흐아아아아앙!"

수이트란체가 전보다 강하게 날 끌어안고 통곡했다.

"젠장……."

방금 그 욕은… 카발인가?

나랑 같은 마차를 타고 있었구나.

그런데 마차엔 원래 단장이랑 부단장이 타야 하는 거 아니야? 내가 타고 가도 되는 거야? 난 얼마나 잠들어 있었던 거야? 다들 어떻게 던전에서 빠져나온 거야? 내 생각대로 폭발로 던전이 무너진 거야?

궁금한 게 정말 많아.

그런데 가장 궁금한 게 있어.

나… 왜 말을 못 하는 거야?

"흐아아아아아아아앙!"

그만 울어… 수이.

*　　　*　　　*

"다른 곳은 다 치료했지만… 안타깝게도 목소리는……."

와이번 용병단의 숙소가 있는 도시, 가오스에는 유명한 신전이 있다.

헤슬베니아 왕국의 국민들은 평민 귀족 할 것 없이 모두 유일신을 믿는다.

그 신의 이름은 헤네토스.

즉, 가오스에서 유명한 신전이라고 해봤자 다른 지역의 신전과 똑같이 헤네토스 신을 모시는 신전일 뿐이다.

한데 이 신전이 유명해진 데는 이유가 있다. 바로 이곳의 대신관 폴트 님 덕분이다.

대신관 폴트 님은 어렸을 적부터 다른 신관들보다 유달리 뛰어난 신성력을 자랑했다.

때문에 그는 다른 신관들이 손도 대지 못하는 큰 질병이나 위중한 상처도 곧잘 고쳐 주곤 했다.

처음엔 무료 봉사를 해왔지만, 그의 명성이 높아짐에 따라 워낙 많은 사람이 몰려들어 도저히 미사를 볼 수가 없게 되자, 신전 측에서는 앞으로는 기적을 사라고 했다.

그리고 그 기적의 가격은 무시 못 할 정도로 컸다.

지금 내 앞에서 난감한 기색을 표하는 백발의 할아버지가 바로 그 대신관 폴트 님이다.

우리 동료들은 가오스에 도착하자마자 용병 생활을 하며 모은 돈을 전부 싸 들고서 나를 마차에 다시 실어 신관으로 향했다.

그리고 대신관 폴트 님은 날 치료해 주었다.

다행히 여러 영혼의 힘이 부여되어 강인했던 내 육신은 무사히 치유될 수 있었다.

하지만 목소리는 되찾을 수 없었다.

더불어 얼굴과 몸 곳곳에 크게 남은 화상 자국도 지우지 못했다.

그저 살아난 게 기적이었다.

"이 미친놈아, 네가 무슨 영웅이라도 되는 줄 알아!"

바스토가 소리를 버럭 질렀다.

그런 그를 로이가 뜯어말렸다.

"그만둬. 바렌이 아니었으면 우리 모두 다 죽었어. 그리고 지금 가장 심란한 사람은 바렌일 거야."

"큭!"

바스토가 입을 다물었다.

동료들에게 듣기로 내가 돔 안에서 상자를 열어 일어난 폭발이 던전을 무너뜨렸고 밖으로 이어지는 통로를 만들어주었다고 한다.

내 예상대로였다.

하지만 그 대가로 내가 잃게 된 게 참 컸다.

아무튼 잃은 건 잃은 것이다.

더 미련을 둬선 안 된다.

일단 지금은 먼저 해결해야 할 일이 있었다.

난 침대에서 일어나 대신관 폴트 님께 고개 숙여 감사한 마음을 전한 뒤 신전을 나섰다.

"야! 어디 가!"

바스토가 소리치며 날 따라왔다.

다른 동료들도 모두 내 뒤를 따라 걸었다.

내가 향한 곳은 용병 길드였다.

*　　*　　*

퍽!

쿠당탕!

낭아권에 제대로 얻어맞은 람차크가 길드 건물의 벽을 부수며 널브러졌다.

"크허억! 억……!"

그의 얼굴은 이미 골절되고 부어 터져 원래 모습을 알아볼 수 없을 만큼 처참했다.

말을 못하는 상황이지만 의지를 발현해 입 밖으로 꺼내서 '어버버' 거리는 것만으로도 액티브 스킬은 시전되었다.

바스토가 널브러진 람차크의 머리채를 휘어잡고 들어 올렸다.

"끄어어……."

입에서 피를 줄줄 흘리는 람차크의 앞에 하슬란이 쪼그려 앉았다.

"말해, 람차크. 누가 설계했는지."

"크흐으… 바, 바이……."

이미 고문이라고 해도 될 만큼 심각하게 당한 람차크가 순순히 누군가의 이름을 말했다.

"뭐라고?"

"바, 바이스."

그 말을 듣는 순간 우리 모두는 충격을 먹었다.

바이스는 가오스에 터를 잡고 살아가는 상인이다.

대상인은 아니지만 제법 잘 돌아가는 상단을 운영하고 있다.

그리고 바이스에게는 올해 열일곱이 된 수양딸이 한 명 있었는데, 그녀가 제이미였다.

내게 사랑의 열병을 앓게 한 여인.

내 모든 것을 주어도 아깝지 않은 여인.

제이미는 유독 우리들과 친하게 지냈다.

용병이기 때문에 거친 삶을 살아야 하고, 그래서 사람들은 용병이란 작자들을 멀리하게 마련이다.

하지만 제이미는 그런 우리를 아무런 편견 없이 대했다.

우리 모두에게 제이미는 친구, 그 이상의 존재였다.

그녀는 상단에 산해진미가 들어오면 늘 바이스 몰래 조금씩 빼돌려 우리에게 주곤 했다.

하지만 그게 들키면 바이스에게 따끔하게 혼이 났다.

그럼에도 제이미는 지치지 않고 산해진미를 슬쩍슬쩍해 왔다.

바이스에게는 그처럼 제이미가 우리와 친하게 지내는 것이 꼴 보기 싫었던 모양이다.

하지만… 아무리 그녀가 용병인 우리와 친하게 지내기로서니, 이런 무서운 계획을 꾸밀 수가 있는 것인가?

바이스는 람차크와 손을 잡고 우리 모두를 죽이려 했다.

람차크도 우리에게 거짓 의뢰를 건네는 대가로 큰돈을 받았겠지.

"제 딸과 조금 친하게 지냈다는 게… 그렇게 죽일 일이야?"

바스토가 충격에 휩싸여 덜덜 떨리는 음성으로 말했다.

그리고 모두가 침묵했다.

우리를 이 꼴로 만든 장본인을 찾아 죽이겠다고 맹세했는데, 그가 제이미의 양부다.

그러니 복수를 할 수도, 안 할 수도 없는 상황이 되어버렸다.

이제 결단은 단장이 내려야 할 때다.

난 하슬란의 성격을 잘 알기에, 이 일을 그냥 묻어두기로 할 줄 알았다.

그런데.

"바이스를 치러 간다."

그 말에 나를 포함한 모든 이가 눈을 크게 떴다.

"진심이야, 하슬란?"

"내가 농담하는 거 봤어?"

하슬란이 거칠게 몸을 돌려 길드 밖으로 나갔다.

'하슬란이… 설마.'

그는 누구보다 강하지만 또 한편으로는 누구보다 정이 많은 사람이다.

제이미가 우리를 끔찍하게 생각하는 만큼, 하슬란 역시 제이미를 깊이 생각하고 있을 것이다.

그렇다면 제이미를 위해서라도 바이스를 쳐선 안 된다.

그녀가 슬퍼하는 모습을 감내하면서까지 복수를 하겠다는 건가?

'난… 그녀가 무너지는 모습을 볼 수 없어.'

제이미에게 청혼을 하려고 했는데.

모든 일을 정리하고 둘이 결혼해 조용히 살려고 했는데.

이제 다… 끝난 건가?

* * *

콰앙!

하슬란은 거침이 없었다.

앞을 막아서는 문지기를 기절시키고 철문을 걷어찼다.

와이번 용병단이 바이스의 저택에 들어서자, 바이스가 고용한 사병 십수 명이 튀어나왔다.

하지만 그들은 흉흉한 우리의 기세에 눌려 제대로 검을 들지도 못한 채 바들바들 떨어댔다.

"바이스!"

하슬란이 바이스의 이름을 크게 불렀다.

그러자 현관문이 열리며 온갖 휘황찬란한 장신구를 걸친 바이스가 불뚝 나온 배를 씰룩이며 걸어 나왔다.

"살아 돌아왔다는 소문이 사실이었군."

바이스는 이미 우리가 모든 것을 알고 왔다는 걸 인지한 모양이었다.

그는 겁먹지 않았다.

오히려 당당하게 우리 앞에 대면했다.

"왜 그랬냐."

하슬란의 물음에 바이스가 코웃음을 쳤다.

"몰라서 물어? 감히 더러운 용병 따위가 내 딸을 넘봐?"

그 소리에 동료들의 시선이 내게 꽂혔다.

뭐야… 그럼 내가 제이미를 노골적으로 탐내서 이런 일을 꾸몄단 말이야?

나와 동료들이 모두 죽을 뻔했던 게 전부 내 탓이었단 말이야?

하지만… 이건… 이건 너무하잖아, 씨팔!

스르릉!

내가 검을 뽑아 들었다.

그러자 사병들이 마른침을 꿀꺽 삼키며 우리를 경계했다.

바이스가 피식 웃더니 손가락을 튕겼다.

그에 활짝 열린 현관문에서 신체 건장한 네 사람이 모습을 드러냈다.

난 그들의 얼굴을 잘 알고 있다.

용병 길드 일을 하며 몇 번 마주친 적이 있었다.

나이센 영지에서 악명을 떨치고 있는 네 명의 검사, 블러드 콴이 바로 그들이었다.

그들은 모두 형제였다.

그리고 콴이라는 성을 사용한다.

다들 검을 귀신같이 잘 다루고, 특히 넷이 붙어 있으면 그 힘이 몇 배가 된다.

돈 귀신이라는 별명이 있을 만큼, 돈이 되는 일이라면 살인이든 납치든 가리지 않는다.

'너무 여유롭다 했더니, 믿는 구석이 있었군.'

블러드 콴 넷이 바이스를 지나쳐 우리와 마주 보고 섰다.

그런 블러드 콴에게 바이스가 물었다.

"자신 있나?"

"블랙 와이번 용병단이라… 수만 많은 오합지졸이라고 알고 있지."

한 명이 말하자 나머지 셋이 비소를 흘렸다.

그때 내 시선이 무심코 저택의 2층으로 향했다.

그리고 보게 되었다.

발코니에 나와 우리를 걱정스런 얼굴로 내려다보는 제이미의 얼굴을.

그런데 그녀의 시선은 우리 중 유독 한 사람에게 깊이 꽂혀 있었다.

나는 아니었다.

누구지? 누굴 보고 있는 거야?

"피로 목을 축일 시간이다."

블러드 콴 네 명이 동시에 말하며 우리에게 달려들었다.

지금 우리 중에서 저들을 상대할 수 있는 사람은 아무도 없다.

괜히 검을 섞었다가 애꿎은 목숨만 잃을 뿐이다.

난 하슬란을 제치고 앞으로 달려나갔다.

블러드 콴이 날 첫 번째 제물로 노리고 달려들었다.

쉭!

선두에 있던 첫째가 내게 검을 휘둘렀다.

나는 그것을 막을 생각도 않고 주먹을 말아 쥐었다.

첫째의 입에 미소가 어렸다. 그의 검이 내 머리를 둘로 쪼갤 것이라 생각했겠지.

하지만.

카앙!

검은 아이언 스킨인 내 몸을 어쩌지 못했다.

"으어어!"

난 낭아권을 시전했다.

쐐애애애애액! 뻐어억!

"크악!"

완전히 무방비 상태로 방심하고 있던 첫째가 가슴이 움푹 파여 뒤로 날아갔다.

그를 뒤따라오던 동생들이 우뚝 멈춰 섰다.

첫째는 심장이 터진 것인지 잔경련을 일으키다가 숨이 끊어졌다.

의외의 상황에 세 녀석이 충격에 빠진 사이 난 앞으로 달려나갔다.

내 다리는 타의 추종을 불허할 만큼 빠르다.

순식간에 녀석들의 지척에 도착해 낭아권을 두 번 연속으로 시전했다.

퍼퍽!

"크악!"

"어억!"

이번엔 둘째와 셋째가 얻어맞았다.

둘째는 머리가 터지고, 셋째는 허리가 기이하게 꺾였다.

그 두 사람도 첫째와 마찬가지로 그 자리에서 절명했다.

마지막으로 남은 넷째의 눈에 두려움이 자리했다.

녀석이 날 경계하며 주춤주춤 물러서다가 뒤로 돌아 도망치려 했다.

하지만 내게서 도망치는 건 불가능한 일이다.

삽시간에 넷째를 따라잡아 등에 검을 꽂아 넣었다.

푹!

"컥!"

이후 마지막으로 낭아권을 시전했다.

어마어마한 속도로 날아간 주먹이 넷째의 뒷목을 가격했다.

퍼억!

"……!"

넷째가 앞으로 쓰러져 입과 코에서 피를 쏟으며 죽음을 맞았다.

단숨에 블러드 관을 정리하고 나서 바이스를 노려봤다.

녀석에게선 좀 전까지 보이던 여유가 사라져 있었다.

사병들도 바이스의 호위를 포기하고서 무기를 내려놓고 무릎 꿇었다.

블랙 와이번 용병단이 사병과 바이스를 둘러쌌다.

하슬란이 앞으로 나가 바이스의 앞에 섰다.

"하, 하슬란… 잠깐만! 이, 이야기 좀 하세!"

하슬란은 말없이 검을 들어 올렸다. 그대로 베어버리면, 그걸로 끝.

과연 하슬란이 그럴 수 있을까?

2층 발코니엔 제이미의 모습이 보이지 않았다.

다급한 발소리가 현관 너머에서 들려왔다.

그리고 제이미가 정원으로 달려 나왔다.

"하슬란!"

하슬란의 시선은 여전히 바이스에게 고정되어 있었다.

하슬란이 지푸라기라도 잡는 심정으로 소리쳤다.

"제, 제이미! 하, 하슬란을 설득해 다오! 어서!"

바이스의 말에 제이미가 눈물을 펑펑 흘리며 악을 썼다.

"빨리 베어버려요!"

"……!"

"……!"

용병들은 또 한 번 충격에 빠졌다.

하지만 하슬란만큼은 이미 예상했던 일인 듯 고요하기 그지없어 보였다.

눈에서 이는 격동은 이 상황에 대한 혼란이 아니라 바이스를 향한 분노였다.

"내가 슬퍼할 거라고 생각하지 말아요! 저 사람이 내 양부라고? 하! 여태껏 날 성노리개로 다뤄왔어!"

…너무 충격이 커서 말문이 턱턱 막혔다.

지금 이게 다 사실이야?

"하슬란! 당신은 알고 있잖아! 그 인간을 죽이는 게 날 구하는 길이라는 걸! 여태껏 왜 망설이고만 있었는지도 난 이해하기 힘들었어! 날 사랑한다며? 그럼 훨씬 더 오래전에 그 검을 휘둘러야 했던 거 아니냐구!"

그 순간 바이스가 했던 말이 메아리처럼 귓전에서 울렸다.

'감히 더러운 용병 따위가 내 딸을 넘봐?'

그게… 날 말하는 게 아니었어?

하슬란을 말하는 거였어?

그럼 지금까지 난… 나 혼자 뭐하고 있었던 거야?

제이미는 애초부터 하슬란을… 두 사람은 서로를 사랑하

고 있었던 거였어?

내가 태어나 접한 그 어떤 사건보다 더 충격적이었다.

무릎에 힘이 풀려 그대로 주저앉았다.

털썩.

그 순간.

"어서 죽이고 날 데려가란 말이야!"

제이미의 고함과 함께 하슬란의 검이 땅으로 떨어졌다.

서걱!

"끄……!"

바이스의 머리가 목에서 뚝 떨어졌다.

애처롭게 서 있던 몸뚱이는 잘린 부위에서 피를 콸콸 쏟아내며 뒤로 넘어갔다.

하슬란이 깊이 한숨을 쉬었다.

"하슬란!"

제이미가 달려와 그런 하슬란을 끌어안았다.

하슬란은 천천히 고개를 돌려 날 바라봤다.

그의 눈동자엔 복잡한 감정이 뒤섞여 있었다.

그가 소리 없이 입만 오물거렸다. 내게… 미안하다고 말하는 거야?

블랙 와이번 용병단은 아무도 입을 열지 않았다.

무거운 정적이 모두를 짓눌렀다.

'…이제 된 거 아닌가.'

문득 그런 생각이 들었다.

우리는 그 던전에서 살아남았고, 통쾌하게 복수했다.

내가 제이미에게 청혼을 하지 못한 걸 빼면 그야말로 완벽했다.

하슬란의 품에 안겨서 울던 제이미가 날 돌아봤다.

그녀는 한마디도 하지 못하고서 그저 하염없이 울었다.

풀린 다리에 다시 힘이 들어갔다.

몸을 일으켜 저택의 정원을 걸어 나왔다.

내 등 뒤로 조금 전까지 동료였던 용병들의 시선이 따갑게 꽂혔다.

블랙 와이번 용병단은 날 거두어 기름으로써 어린 시절 내게 가장 소중했던 것, 내 목숨을 지켜주었다.

그리고 지금, 내게서 가장 소중한 것을 앗아갔다.

이제 서로에게 빚진 것은 없다.

오히려 깨끗하게 떠날 수 있을 것 같다.

'제이미라는 여자가 한 명뿐이겠어?'

어딘가에는 그녀와 같은 이름에, 그녀와 비슷한 미소를 짓는 여인이 있겠지.

그리고 언젠가는 나와 만나겠지.

'고마웠어, 블랙 와이번 용병단. 좋은 추억 많이 만들어

줘서.'

조용히 떠나는 건 내 마지막 선물이라고 생각해.

이것으로… 됐어.

띠링!

―'바레지나트의 원한' 퀘스트를 완료하셨네요~ 비록 바레지나트는 목소리도 잃고 사랑하는 여인도 잃었지만, 바이스에게 복수를 할 수 있었어요~ 그리고 그의 두 눈으로 감추어져 있던 진실을 확인했죠. 바레지나트는 그걸로 충분히 만족하고 있어요. 그는 진실을 모른 채 죽어버리는 것보다, 알고 살아가는 게 더 가치 있다 말하네요. 이제 영혼의 원한을 풀어준 대가를 드려야겠죠? 선행을 쌓아 176링크가 주어집니다.

뭐? 176링크?

잠깐!

이번 퀘스트는 제법 어려웠다고!

소라스의 퀘스트와는 비교도 되지 않았었단 말이야!

그런데 176링크라니?

소라스의 소원을 완료했을 땐 312링크나 줬으면서!

띠링!

퀘스트 종료.

일체화되었던 영혼의 기억에서 분리되어 현실로 복귀합니다.

내 자아가 바레지나트의 육신에서 분리되었다.

바레지나트는 바이스의 정원을 나와 쓸쓸하게 홀로 걸어갔다.

해가 뉘엿뉘엿 지고 있었다.

땅으로 내려앉은 붉은 노을이 그의 앞길에 붉은 융단을 깔아주었다.

바레지나트는 웃고 있었다.

하지만 그의 뒷모습은 사무치게 쓸쓸했다.

허공을 부유하던 내 의식을 환한 빛이 감싸 안았다.

엄청난 진동, 그리고 참기 힘든 메스꺼움이 몰려옴과 동시에 바레지나트의 세계는 부서졌다.

Chapter 13
블랙 카드

"……."

"……?"

"……."

"아, 뭐해요? 거스름돈 빨리 안 줘요?"

"아… 아?"

바레지나트의 세계에서 현실로 돌아온 난, 멍한 정신을 겨우 부여잡고 지금 상황을 파악했다.

내 앞엔 시종 한 갑을 들고 손을 내민 남자가 짜증스러운 얼굴로 날 바라보고 있었다.

그리고 난 오백 원짜리 하나를 그에게 건넨 것도, 건네지 않은 것도 아닌 어정쩡한 자세로 서 있었다.

'아, 나 거스름돈 주려다가 퀘스트 수락했었지.'

"죄송합니다! 오백 원 여기 있습니다."

내가 오백 원을 건네주니 손님은 신경질적으로 그것을 받아 편의점을 나갔다.

"하아."

난 카운터 한켠에 숨겨놓은 작은 간이 의자에 앉아 관자놀이를 꾹 눌렀다.

카시아스가 그런 내 무릎에 뛰어올랐다.

"고생했다."

"이거 정말… 영혼들이 내주는 퀘스트 한 번 하고 나면 진이 다 빠지는 기분이야."

그런데 여기서 질문.

"이번엔 176링크밖에 받질 못했어."

"저번에 비하면 턱없이 부족한 금액이군."

"이상하잖아? 퀘스트 자체는 이번 것이 더 어려웠는데?"

"네가 현실에서 쌓는 선행의 기준처럼 그것도 다른 기준이 존재하는 것이겠지."

"하아, 선행의 기준도 운이 따라주는 바람에 겨우 알아낸 건데, 이건 또 어떻게 알아내냐."

"몇 번 더 하다 보면 감이 잡히겠지. 너무 고민하지 마라."

그게 문제라는 거야.

솔직히 영혼들이 주는 퀘스트는 별로 하고 싶은 마음이 들지 않는다.

정신이 나가 버리는 것 같다고, 씨팔.

…씨팔? 내가 지금 씨팔이랬어?

"미치겠네. 바레지나트의 말버릇이 옮겨 온 모양이야."

"후유증이다. 바레지나트에게 완전히 동화되어 살았었으니, 그럴 법도 하지."

"설마 이 후유증 평생 가는 건 아니겠지?"

"그건 모르는 일이지. 그러지 않기를 바랄 수밖에."

"희망적인 얘기는 하나도 안 해주는구나. 마인드 탭."

이름 : 유지웅

소속 : 지구, 대한민국

성별 : 남

나이 : 19

영력 : 9/9

영매 : 8

아티팩트 소켓 2/2

보유 링크 : 201

흠, 보유 링크가 201이라.

지금 살 수 있는 건 레퀴른의 영혼뿐이네.

하지만 수 속성 초급 마법은 배워봤자 당장 써먹을 곳도 없을 테고.

일단은 링크를 더 모으는 게 낫겠다.

오늘도 열심히 선행하자!

* * *

밤 열 시.

유주 누나가 헐레벌떡 편의점 안으로 들어왔다.

"미안~! 늦었어!"

"지금 정각이니까 아직 안 늦었어요~"

유주 누나는 어느새 유니폼을 걸치고서 매장에 나왔다.

"휴~ 그럼 세이프인가?"

"네."

난 유주 누나의 얼굴을 살폈다.

하지만 딱히 뭔가 고민이 있는 듯한 얼굴은 아니었다.

"왜?"

"네?"

"왜 그렇게 내 얼굴을 빤히 봐? 뭐 묻었어?"

"아니요. 그냥 봤어요."

"싱겁기는. 근데 너 요새 계속 몸이 좋아지는 것 같다?"

유주 누나가 말을 하며 내 배를 쿡 찔렀다.

무방비 상태에서 기습 공격을 당했다. 그런데.

"꺅!"

유주 누나가 날 찌른 손가락을 후후 불었다.

"후~ 후~"

"누나, 괜찮아요?"

"너 배에다가 뭐 솥뚜껑이라도 넣고 다니니?"

"아니요."

"근데 왜 이렇게 딱딱해?"

아이언 스킨 때문이다.

강철 같은 피부를 손가락으로 확 찔렀으니 아플 만도 하지.

"그러게 왜 장난을 치세요."

"무슨 운동을 어떻게 하면 몸이 이렇게 딱딱해지는 거야? 완전히 빨래판 복근 만든 거야?"

"아니 뭐……."

내가 난감해하고 있을 때, 편의점 문이 열리며 진호 형이 들어섰다.

진호 형은 유주 누나와 야간 알바를 같이 하는 형이다.

만날 기본이 10분 지각인데 오늘은 어쩐 일이래?

"어? 빨리 왔네요?"

유주 누나의 말에 진호 형은 그저 고개만 끄덕하고 사무실로 들어갔다.

유니폼을 입고 나온 진호 형이 카운터에 와서 섰고, 나는 유니폼을 벗어 사무실에 두었다.

"그럼 저 가볼게요."

"그래, 지웅아. 잘 가~"

점장님은 요즘 유주 누나한테 무슨 걱정거리가 있는 것 같다 말했지만, 나는 잘 모르겠다.

누나가 워낙 티를 안 내니 원.

그렇다고 누나를 붙잡고 무슨 일 있는 거 아니냐고 물어볼 수도 없는 일이다.

본인이 감추고 싶어 하는 걸 굳이 캐묻는 건 실례다.

내겐 지론이 하나 있다.

사람이 손을 내밀지도 않았는데 조언을 하는 건 괜한 간섭이고 잔소리밖에 되지 않는다는 것이다.

신경 끄고 식당이나 가자.

* * *

목요일.

드디어 수능 날이 되었다.

새벽부터 일어나 나갈 채비를 하고서 수능 시험장으로 향했다.

수능 시험을 보는 지정 학교 입구에서는 고2 학생과 부모님들이 나와서 따뜻한 차를 나눠주고 있었다.

시험장으로 향하는 학생 중 반 이상은 가족과 함께였다.

나는 당당하게 혼자서 교실로 들어섰다.

어차피 내겐 수능이라는 것이 크게 의미가 없었다.

좋은 점수 받아서 대학을 갈 것도 아니고, 애초부터 공부로 무언가를 하겠다는 포부도 없었다.

"흐아아암~ 대충 찍고 자야지."

투명화한 상태로 내 책상에 올라와 있는 카시아스가 말했다.

"문제를 푸는 시늉이라도 해보지 그러냐."

"의미 없는 짓이야."

오히려 내게 의미 있는 건 그동안 모은 링크다.

월요일부터 오늘까지, 나흘 동안 난 53링크를 더 모았다.

한 방 크게 선행을 쌓을 만한 꺼리가 없었기에, 눈에 보이는 쓰레기는 다 줍고, 동네 개똥도 내가 다 치웠다.

누군가 무거운 걸 들고 가면 무조건 들어줬다.

한데 이런 경우 자기 물건을 들고 튀려는 거 아니냐며 의심을 받기도 했다.

아무튼 그런 오명까지 얻어가면서도 난 선행을 그치지 않았다.

그 결과 현재 모은 링크는 총 254였다.

'이렇게는 안 돼. 아무래도 뭔가 수를 내야겠어.'

아무리 생각해 봐도 선행을 쌓아 링크를 얻기 가장 쉬운 건 동영상을 촬영해 업로드시키는 것뿐이었다.

하지만 내 선행을 일부러 드러낸다는 느낌이 들지 않도록 올려야 한다.

이게 말이 쉽지, 영 골머리 썩는 문제다.

내가 머리를 움켜쥐고 고민하는 사이, 시험 감독관이 시험지 뭉치를 들고 들어왔다.

그렇게 내게 의미 없는 수능이 시작되었다.

* * *

수능을 끝내고 집에 돌아와서 다시 편의점으로 향했다.

수능이 다섯 시에 끝나 겨우 편의점 알바 시간대에 맞출 수 있었다.

열 시가 되어 유주 누나와 알바를 교대하고 아버지 식당으로 갔다.

닭발 옆차기는 오늘도 만원이었다.

오일 닭발에 푹 빠진 손님들이 술과 함께 그 맛을 즐기며 시끌벅적하게 떠들고 있었다.

"지웅아! 서빙!"

"네!"

앞치마를 두르고 열심히 서빙을 했다.

정신없이 일을 도와드리다 보니 시간은 빠르게 흘러 새벽 세 시가 되었다.

알바생들과 주방 보조 아주머니, 상덕이 어머니가 집으로 돌아간 다음, 아버지와 식당 내부를 청소했다.

그리고 집으로 돌아왔다.

현관문을 열고 들어서는 시간이 새벽 다섯 시.

누나와 엄마는 당연히 잠들어 있을 거라 생각했다.

그런데 아니었다.

두 사람 다 거실에서 뜬눈으로 우리를 기다리고 있었다.

아버지와 난 이게 뭔 상황인지 몰라 눈만 끔뻑거렸다.

"엄마, 왜 안 잤어?"

"지나야, 너 왜 일어나 있어? 더 푹 자야 회사 나가서 안 졸지."

나는 엄마에게, 아버지는 누나에게 물었다.

모녀는 시선을 교환하더니 씩 웃고서 거실 중앙을 가리켰다.

고개를 돌려보니 그곳엔 큰 상이 놓여 있었다.

상 위엔 위에 갖가지 요리와 초가 하나 꽂힌 케이크가 보였다.

"웬 케이크?"

"오늘 울 엄마 다시 태어난 날이거든."

"뭐?"

아빠와 내가 엄마에게 설명을 요구했다.

엄마는 감정이 복받치는지 눈물을 글썽이더니 한 손으로 가슴을 지그시 눌렀다.

'설마……?'

엄마가 울음을 참느라 파르르 떨리는 입술을 겨우 열었다.

"지웅아, 여보. 나 이제 괜찮대. 백혈구 수치가 거의 정상으로 돌아왔대! 골수 이식 안 받아도 살 수 있대!"

"뭐, 뭐? 그게 정말이야, 당신?"

"정말이야! 정말이라고!"

"우와아아아아아아!"

아버지가 엄마를 얼싸안았다.

나도 누나와 진하게 포옹을 했다.

"병원에서는 나더러 기적을 경험했대! 이런 경우는 처음이래! 나 살았어, 여보! 얘들아, 엄마 이제 살았어!"

"축하해, 엄마!"

"고마워, 지웅아!"

"흐으윽! 크흑!"

갑자기 울음이 왈칵 터졌다.

매일 아침마다 엄마에게 전이시킨 라모나의 자가 치유력을 비욘드 텅으로 강화시킨 보람이 있었다.

그래, 이것이야말로 기적이다.

엄마의 말이 맞다.

우리 가족은 지금 기적을 체험하고 있었다.

"나 오늘 잠 안 자! 밤새 술 마시고 일 나갈 거야!"

"아버지! 나도 오늘 학교 안 갈 거예요!"

"넌 어차피 수능 쳐서 안 나가도 상관없잖아!"

"누나도 직장 나가지 마!"

"말이 되는 소리를 해, 미친놈아! 흐이이이이잉~!"

결국 누나도 눈물이 터졌다.

우리 가족은 서로서로 끌어안고 한참을 그렇게 울었다.

11월의 셋째 주 목요일.

그날은 수능일이 아니라 우리 가족에게 기적이 일어난 날이었다.

고맙다… 정말 고맙다, 카시아스.

*　　*　　*

요즘 우리 집은 축제 분위기다.

엄마의 병이 거의 다 나아서 가족 모두 기분이 업되어 있었다.

나 역시 마찬가지였다.

세상이 그렇게 아름다워 보일 수 없었다.

오늘은 일요일.

편의점 알바를 쉬는 날이다.

그리고 내가 아랑이네 집에 놀러 가기로 약속한 날이기도 하다.

아랑이의 집이 어딘지를 모르니, 일단 늘 그렇듯 조각 공원에서 만나 같이 움직이기로 했다.

발걸음도 가볍고 콧노래가 절로 나온다.

"흠흠흠~"

내 어깨에 올라탄 카시아스는 내 콧노래를 듣고 짧은 감상을 말했다.

"가창력을 높여주는 영혼이 있다면 반드시 사라."

"흠! 흠흠흠~! 흠흠흠흠!"

"유치한 놈."

맘대로 떠들어라.

난 오늘 기분 최고다.

어째 모든 일이 다 술술 잘 풀리는 것만 같다.

약속 시간은 오전 열한 시.

그런데 약속 시간보다 좀 빨리 나와서 조각 공원까지 걸어가는 중이다.

50분 정도 걸었더니 조각 공원이 보였다.

조금 더 걸어가 신호등에서 신호를 기다렸다.

이제 횡단보도만 건너면 목적지에 도착이다.

그런데.

부다다다다다!

시끄러운 모터 소리를 뿌리며 저 멀리서부터 검은 바이크 한 대가 달려왔다.

난 그 바이크를 그냥 한 번 슬쩍 보고 말았다.

한데 바이크가 내 앞에 섰다.

바이크를 모는 사람은 가죽 바지와 라이더 재킷을 걸치고 있었다.

아래위로 전부 검은색이었고 심지어 부츠와 헬멧까지 검은색, 즉 올 블랙이었다.

그가 헬멧을 벗었다.

순간 헬멧 안에 감추어져 있던 붉은 장발이 촤르르륵 쏟아져 내렸다.

'여자?'

자세히 보니 의상 밖으로 드러난 몸매가 남성의 것이 아니었다.

가슴과 엉덩이가 나오고 허리는 잘록 들어갔으며 팔은 얇은데 허벅지는 또 적당히 굵다.

'짧은 시간에 이 모든 것을 스캔하다니, 나도 어쩔 수 없는 남자구나.'

여인은 헬멧을 핸들에 걸고 나를 바라봤다.

그러더니 재킷 안주머니에서 무언가를 꺼내 내게 건넸다.

"…저요? 저한테 주는 건가요?"

여인이 고개를 끄덕였다.

그것은 검은색 직사각형의 카드 봉투였다.

난 얼떨떨해하며 그것을 넘겨받았다.

그와 동시에 여인은 다시 헬멧을 쓰고 브레이크를 잡은 채, 핸들을 당겼다.

부다다다다다!

엔진음이 시끄럽게 울려 퍼졌지만 바이크는 출발하지 않았다.

마침 신호등이 보행 신호로 바뀌었다.

횡단보도에 서 있던 사람들이 반대쪽으로 건너가 버리는

바람에 이제 여인과 나 둘만 서 있게 되었다.

여인이 헬멧의 고글을 살짝 열고 말했다.

“저는 설열음이라고 해요.”

“설… 여름?”

여인이 고개를 휘휘 저었다.

“열. 음. 열음.”

“열… 음?”

이번엔 고개를 끄덕였다.

이름이 설열음이라니, 참 특이했다.

“카드에 적힌 내용을 보시고, 입맛이 동한다면 안에 적힌 번호로 연락 주세요.”

자신을 설열음이라 밝힌 여인은 고글을 내리고 핸들을 당겼다.

부다다다다다다!

바이크가 빠르게 내게서 멀어져 갔다.

“이게 대체 무슨 상황이야?”

난 횡단보도를 건너려고 했던 것뿐인데 특이한 여인이 접촉해 오더니 검은 카드 봉투를 건네고 갔다.

무슨 시추에이션인지 모르겠다.

이거 내가 아니라 다른 사람에게 주려던 걸 잘못 건넨 거 아니야?

"빨리 열어봐."

카시아스가 재촉했다.

"응."

난 검은 봉투를 열었다.

그러자 그 안에서 검은색 카드가 나왔다.

카드엔 빨간 글씨로 내 이름이 적혀 있었다.

To. 유지웅 님

뭐야, 이거. 기분 나쁘게.

난 그 밑의 내용도 읽어 내려갔다.

그리고.

"……!"

그대로 굳어버렸다.

『데일리 히어로』 3권에 계속…